遍栽桃李兩岸春

——經濟學教授的人生記趣

粟慶雄 著

推薦序

王鼎鈞

「遍栽桃李兩岸春」，是信譽卓著的「秀威」為粟慶雄教授出版的散文集。

粟教授在經濟學領域內國際知名，他的成就，超出「遍栽桃李兩岸春」之外。像他這樣的才智之士，總是會行有餘力，做些陶冶性情的事，與有緣人共享，他早年學書習畫，退休後吟詩作文，他的豁達瀟灑，由這本散文集可見一斑。

粟教授的文筆老練之中有靈活，長於敘述論說，不事空疏的抒情，言之有物，這是學者散文的特色。由於他在詩書畫三方面都有薰習，更能處處言之有味，在學者散文中特受矚目。打開這本文集，看他寫在溥心畬先生門下念古文，在紐約學音樂，到台北「美容」，赴中國大陸講學，自可得到印證。

學者的散文，當然更能使我們增加知識，啟發思考，此一脈絡，貫串在每一篇文章之中，或直接，或間接，若有意，若無意。兩篇「早年留學美國的經驗」，可推為這方面的代表作。讀這一類文章，貴能觸類旁通，他留學的經驗，可以轉化為我們職場的借鑑。這兩篇經驗談是他自傳的一部分，希望這部傳記也能早日出版。

粟教授的似水年華，都在美國的主流社會度過，談笑多碧眼，往來有金髮，他退休後以中文寫作，可以猜想他的「中國心」是一座不熄的火山。這本散文集，顯示他回歸中國文學、跟中文人口對話的心願。嚶其鳴矣，預期和聲四起，知音有人。

自序

粟慶雄

我本是個才具平庸，智慧不高的人。編者想我寫幾句自炫的話，做這本書自序的開場白，我卻怎麼也寫不出來。如果一個人的才智是可衡量的話，我的各類才能，大概都是中位數，有的可能還偏左一點。心理學家說，這類人一生的成敗，最受命運之影響。

我的一生當然也受命運之影響，但「命運之神」對我最不好的時候，就是我的童年。我雖說九歲喪父，其實在十九歲前，就是單親，由母親撫養成人。那個年代，單親家庭的孩子心理是有自卑的。我的父親是個土木工程師，抗戰時拋妻別子，去修湘桂黔鐵路。湘桂黔鐵路對抗戰貢獻很大，父親大概也薄有微勞。勝利後，他做了一個三等京官，風光的住在「梅園新村」。但天有不測風雲，不到兩年，父親得急病死了，我們被掃地出門，一無所有。於是寡母將一生的寄託，都放在我的身上。我這才漸瞭解，為什麼「寡婦的獨子難當」。六十年後，我寫了「今生讀交大」記敘之。

一九四九年春，母親帶了三個孩子，避秦來台。其實，在我們到台灣以後，命運之神就待我不薄。我素來不喜歡數、理、化各科，照說在那個「理工掛帥」的社會，我是應該無法順利通過學業上所有「窄門」的。但我卻能「逢考必得」，每次都有驚無險的，僥倖的進入了第一志願。

因為我所念的學校都算一流，母親對我學業督促稍微鬆懈。但她出生於前清的「督撫之家」，總覺我們這代人國學根基太差，因此背道逆行的，把我們姐弟送去，溥心畬老師處補習國文。我們雖背了四書，但現在回憶起來，只記得那些雞零狗碎的趣事，因而寫了「溥門趣事」。

在台大的四年，除了交了一個女友外，在學問上一無所獲。我們雖是「班對」，但因兵役問題，她先出國。不冀她竟等了我兩年。這兩年間，我總懷疑，是我不那麼平庸呢？還是她看走了眼？

結婚後，當然一起打拚，生活極苦。本來文科的留學生中，女生較易存活，加上她先來兩年，又能任勞任怨。那幾年打拼中，雖是酸甜苦辣都有，總覺負她很多。因此寫了「早年留學的經驗」。

書中第二部份是我的教學生涯，這時「命運之神」已眷顧於我。第一篇「談紅樓夢」是一篇跨科系的遊戲文章，敘述「論文」與「鬧文」的不同。其他諸篇描繪出，首次歸國時，驚於祖國之這般落後，在愛國心的激勵下，乃穿梭於兩岸三地之間，以舌耕報國。在1978到2008年間，我共在兩岸講學卅八次，摘其重要者寫成了「遍栽桃李兩岸春」。「秀威」的編輯部，更建議以此為書名。

至於第三部生活札記，多為趣味文章，供君消遣，讀後哈哈一笑。但也有幾位看過初稿的朋友告訴我，有幾篇文章相當沉重，如「失落與悲情的一代」、「半紀袍澤情」與「心有靈犀一點通」等。他們說，讀後不但無法哈哈，反覺眼眶濕潤。我除正襟的向他們道歉外，只好說，把那幾篇留在最後看吧！

這是我寫的第一本中文書，我才知道除了作者與出版社外，還必須有不少無名英雄鼎力協助，這大概是因為中國文字中有錯、別、繁、簡的問題。我是私立中國科技大學董事，承該校董事會之黃芝齡秘書奔走聯繫，賴麗玲、蓋本隆及陳秋珍的悉心校稿，衷心感謝。當然，最應感激的是秀威出版社及執行編輯林千惠女士。至於對王鼎公老夫子多年來的教誨與協助，學生在此只有說聲：「大恩不言謝了」。勿庸贅言，書中如有任何錯誤，責任由作者獨負，並此致歉。

目次

生活札記

求學生活

今生讀交大

我生長在一個中上等的家庭，父親是一個留過洋的土木工程師，當年在南京的政府裡工作。父親有很大的官舍，家中有許多的傭人，我當然是豐衣足食，過着快樂的童年。「天有不測風雲，人有旦夕禍福」，就在我不到九歲的那年，父親因腦溢血，突然死了，沒有留下一瓦之覆，一壟之殖。幾乎在一夕之間，我們的房子變小了，傭人不見了，伙食變差了。母親更為生活所逼，早出晚歸的工作養家。不用說，她對兒子的期望也就更提高了。

到一九四八年，國共戰爭擴大，遍地烽火，母親一個女流帶着孩子們，輾轉逃難經杭州到上海，可說是千辛萬苦。到了上海後，母親就拿定了主意，不論時局怎樣變動，我們不再離開上海。母親就用盡了手頭所有的積蓄，頂了一所公寓。這所公寓在法租界天平路上的國泰新村。國泰新村是當年比較高級的住宅區，有電話、煤氣等先進設備，但面積很小，相當擁擠。當時在上海，最著名的中學之一是「南洋模範」。而南洋模範的校門就在天平路上，斜對著國泰新村，步行三分鐘可達。而最著名的理工大學，就是在海格路上的「交通大學」，而南洋模範的後門就在海格路上，離交通大學咫尺之遙。

搬進去不久，母親就與我有一次嚴肅地談話。她說，買了這個公寓後，她已是一無所有，所以必須馬上恢復上班。她買這個公寓的動機完全是為了我的教育，好像孟母一樣。她要我馬上參加，南洋模範附屬小學的六年級插班生考試。考取小學後，爭取直升初中。然後可保送進入高中，畢業後就可考入交通大學。學校都在附近，步行可達，可以節省下許多讀書的時間，和住宿的費用。當然最好入「土木工程系」，因為父親是學土木工程的，這樣就可以子承父志。她叮囑我一定要「許下宏願」發奮用功讀書，能從交大畢業，這才不辜負她茹苦含辛的教育。

她侃侃說來，輕鬆容易，就好像諸葛亮在隆中高臥時，就能說定天下鼎足三分。我那時不到十歲，也只有唯唯聽命，並不太明白母親在講什麼。其實就我那個年齡而言，逃來上海的難民，能進南洋模範的機會率大概是百分之一，能進交大的可能率恐怕是少於萬分之一吧。我真能考得取他們的小學嗎？將來能直升、保送嗎？考得進交大嗎？我反正從小就受慣了母親的萬鈞壓力，倒也並不以為意。但從這次嚴肅的談話後，我那幼小的心靈，卻領悟到了什麼是「立志」。從這時起，我也真心的立了一個「今生讀交大」的志願。

誰料，天竟不從人願，內戰並不如一般人想像的三個月就結束。最後我們還是撤退到了臺灣。在臺灣唸中學時，我還念念不忘讀交大。有次作文題是「我的志願」，我就以讀交大為主旨寫了一篇文章，卻被老師批了個「不切實際」的評語。到我報考大學時，當然不可能回上海考交通大學，也就只好報考臺灣大學。我因為不擅數理各科，只好報考文組，母親大失所望。放榜後方知，我被錄取在台大經濟系，按成績排列，是第十五名。那年大專聯招，文組以經濟系錄取分數最高，大概母親覺得也還差強人意，就只好把隱隱的失望悶在心中。

在我大三時，母親終於春蠶絲盡，捨我們而去了。我在她的靈前嚎啕痛哭，深悔未能如她所願，做一個土木工程師。當時我想既然已選讀了經濟，唯一能安慰母親的，就是好好地讀完書，成為一個對社會有用的經濟學家。當時母親再聰明遠慮，也不可能逆料到，二十年後，經濟等科系反成了全世界的最熱門之學科，而在大陸上更躋身於掛帥之行列。

我獲得經濟博士學位後，一直在紐約市立大學的巴魯克學院教書和做研究。到一九八七年的春天，上海的「交通大學」得知我在做經濟模型的研究。派專人來邀我去教一門研究所的課——經濟模型及預測。交通大學當然是第一流的工科學校，但剛成立的管理學院的研究班，卻躍居了全校學生錄取的最高分，大家都刮目相看。開學儀式由翁史烈校長主持，我也說明了，來交大講學的原因。我說，我自幼喪父，父親是土木工程師，所以母親一直想我長大後，子承父志，能讀交通大學，成為一個工程師。我九歲時，母親就把家搬到了國泰新村，準備我能進入南洋模範，畢業後能來交大做學生。後來因為戰亂，離開了上海，而我進了臺灣大學，主修的卻是經濟學。母親也於我二十歲時積勞病逝。所以我這一生也以不能做交大的學生，完成母親的遺願為憾。但誰知整四十年後，我居然成了交大的客座教授，自己覺得非常榮幸。母親如果天上有知，應該也會得到一些安慰。在座的校方領導、教授和學生聽了，都為我高興，雖沒有「滿座皆掩泣」，但在那片熱烈掌聲中，卻帶有些慽慽之感。到我將離開時，盛振邦副校長就代表學校，頒給我一個終身「顧問教授」的證書留作紀念。在這種「重工輕商」的學校裡，也算是一項特殊的榮譽。

雖然，我「今生讀交大」的願望未了，在心理上，一直也有些失落感。到這時，反覺得是「收之桑榆」，心中也泛起了一點成就感。但我猜，真正最高興的一定還是我母親在天之靈。

原刊於《經濟學家茶座》第四十輯二〇〇九年二月號
《華美族藝文集刊》第六集，二〇一一年八月十五日

溥門趣事

——一個海外溥門弟子憶師門

在海外讀到「中外雜誌」上，王成聖先生的大作，「畫壇怪傑溥儒」，感觸極多。又看到許多當年溥寓的照片，四十餘年前的陳舊往事，一陣陣的都湧迴到腦海中來，仔細回想以後，總覺得也應當寫出來與人共享。

在民國四十二、三年間，我們一家四口住在台北市臨沂街六十九巷的一個小弄裡。我正在師大附中唸初三，兩個姐姐則在北二女唸高中，我因九歲喪父，先母是母兼父職，所以對我的功課督促甚嚴，有一次母親抽查作文簿覺得文章不很通順，認為年紀已十四、五歲了，只會寫寫遊記，不能做策論，真是一種遺憾，應當用課餘時間，尋覓良師，補習國文。

一日，母親的么弟，季多舅來訪，母親就以補習國文事商之於季多舅，因他在世界書局工作與文學界有很多交往。季多舅便說，詩書畫三絕的溥心畬，就住在你們這個巷子內，何不求他？只是此人名士派，不修邊幅，終年一襲長袍，髮長過耳，滿面墨污，家中不用年月，不講時間，跟他讀書，只恐怕小孩子也會學怪了，母親聽了，心中很不以為然，但也未再問下去了。

又一日傍晚，母親帶了二姐與我去東門市場，剛走到巷口，就見到前面有個身材不高，長袍布鞋，髮長垂耳的男子，蹣跚而行。母親一見大喜，兩個快步追上，像背台詞般的高聲叫道：「前面走的敢是溥老先生乎？」我們姐弟忍不住發起笑來。但前面的老先生好像很喜歡這種唱戲般的問法，不慌不忙的轉過身來，同時雙手抱拳，一揖到地，口中高唱著：「然也。」就這樣演戲般的，母親會到了溥心畬老師。

第二天的晚上，我們一家四口，就到溥家造訪，落坐以後，說明來意。老師很激動的說，國學是一切學問的根本，在這個「理工第一，英文為先」的社會裡，母親這樣的時代女性，能想到為孩子們補習國文，是極為明智，極有遠見，值得讚揚。他認為，學國學應從「四書」著手，先學論語，不但習古文，而且學做人、做事的道理。然後再讀大學、中庸、孟子。母親聽了，也深表贊同。就這樣決定了我們姐弟三人，每週兩晚，每晚一小時，來溥家學論語，每月束脩新台幣三佰元。

上課兩週後，發現老師教學甚為敷衍，很不認真，精神也不專注。回家稟告母親，母親也很納悶。不久溥老師就託友人傳話給母親說，老師已經知道，母親是湖南茶陵譚氏之後，母親之祖父在清朝，曾任陝甘、兩廣總督，謚號文勤公。譚氏家族達官顯宦雖多，老師只對文勤公的彪炳勳業至為推崇。但是，既是文勤公之後，何以不明古禮，小孩讀書，怎可不行拜師大禮。母親聽了頗覺汗顏，就問友人應如何拜師。他說，溥老很喜歡這三個孩子，也瞭解我們家境不好，所以不必備禮，去磕頭就行了。

下次上課時，我們就補行磕頭，老師非常高興，我們磕頭時他並未端坐不動，而是相對長揖，算是還了半禮。事後，他解釋說，這是溥門學生中，受到的最高禮遇。因為我們是學古文的學生，一般學畫的學生就受不到這種禮遇。

拜師後，老師教學大為改進，不但逐字逐句解釋，還引許多旁證，而且規定，每晚上的課，第二次要先背出來，再講新課。我們姐弟聞言叫苦連天，因為論語的每一小段，在意義上互不關聯，背起來非常吃力。

老師非常好客，家中賓客、朋友、學生川流不息，上課時，每有賓客來，他一定特別介紹說，這三姐弟是我的磕過頭的學生，他們有出息，是學古文的，不是學畫的。古文學好了學詩，詩做好了自然能畫，畫是不用去專門學的。當時他身邊的學生十之八九都是學畫，有的人聽了，心中也怪不受用。

後來又知道，溥門還有一個規矩，學生間的相互稱呼，以入門（磕頭）先後為序。我當時雖是個十四、五歲的孩子，許多二、三十多歲的成年學生，在我以後拜師的，也要稱我師兄，頗為洋洋自得，覺得拜師時的那個頭，並沒有白磕。

上了一陣課，後才弄清楚，因為老師是前清舊王孫，不願承認中華民國之存在，不用民國年號，只用干支。當時，每年夏季，都採用日光節約時間，但溥公館也不改時間。這就是季多舅說的溥老師不用年月，不管時間。這些怪癖，也給許多與他來往的人不便，別人邀他飲宴，都要說好老鐘幾點幾刻，否則他準會弄錯。我們上課是七點半到八點半，到了夏令時間，就變成了八點半到九點半。第二天早上六點鐘起床，時間就很迫促。

老師教學認真後，要求也漸嚴，每次所授之課，不但要能背，還要回講，當時中學的課業相當繁重，課外補習還有如此要求，我們姐弟很有不勝負荷之感。有一次，正當學校期末考試，所以三人都未準備，老師不覺非常生氣，面孔鐵青。馬上叫他的小兒子拿「強胃散」來，表示我們把他的胃氣痛了。他用那滿污墨汁的手抓強胃散往嘴中放，一邊很生氣的說：「既然都不願意背書，何必勉強，下次別來了。」老師待我們向來和顏悅色，我們從來沒有聽過如此重的話，又想到家中嚴母，不禁面色慘白，羞慚不已，老師見了又大覺不忍。這時大姐鼓起勇氣輕輕的說：「老師！不是我們不背，這星期正逢學校大考，實在抽不出時間。」老師聽了面色馬上緩和下來，很和藹的說：「讀論語是學做人的道理，一定要能背，才能終身受用。」說罷，語氣一轉輕鬆，就講了一個小故事。原來老師六、七歲時就唸論語，有一次也背不出來，他的老師非常生氣，也不管他是金枝玉葉，把他打了一頓，那是早晨十點多鐘，正是他的祖父恭親王，下朝回府的時候，所以他就放聲大哭，把兩隻小眼哭得像桃兒一樣，他知道恭親王最疼愛這個孫子，一定會進來安慰他，那麼老師以後就不會勉強他背書了。誰知恭親王回府，聽了愛孫在書房中痛哭，忙問何故，左右稟告，小王孫背不出書，叫老師給打了，恭親王聞言不但不進書房安慰他，反而走到書房正前，對關著的房門作了三個揖，轉頭而去。這表示自己孫子背不出書，氣著了老師，所以打了學生，王爺親自來作揖賠罪，以示尊師重道，並不安慰孫子。聽了這個故事後，我們姐弟就知道，連王孫都得背論語，更何況我們這些小老百姓呢。

我們上課之前、後堂都是學畫的學生。因為老師特別讚揚學古文，所以前堂的學生下課就不走，後堂的學生上課早到，大家都參加旁聽。一間八蓆大的房間坐得滿滿的。師母有時會拿些廚房中待剝的豌豆、要摘的豆芽，給旁聽的學生說道：「聽課歸聽課，手別閒著呢！」他們就幫忙剝豆摘芽。有一次，師母沒有廚房活給他們幹，三個旁聽生竟同時睡著了。其實他們都是成年人，但都是我們的學弟，白天工作，晚上聽課、學畫也很辛苦。老師見到了三人同時睡著，非常不高興。他訴說了幾句之後，就板著面孔，強行忍住不說了。第二次去上課時，老師得意洋洋的指著一幅剛畫好的畫叫大家看。畫上提款是三睡圖，畫中一個人牽著一匹馬，樹上有隻鳥，但是人、馬、鳥都睡著了，老師指著那三個旁聽學生道：「這就是你們三個。」三個學生見了，羞慚無地。從此以後，沒有人敢在上課時睡著了。這張「三睡圖」被故宮博物院收集，在「溥心畬書畫文物圖錄」之第八十三頁。二姐是我們三人中，最有藝術天性的一個。在回家的路上，她感羡的說：「做個畫家真好，前晚老師忍住的氣，可都由作畫中發洩出來了。」二姐後來從孫多慈教授習油畫，成了一個業餘畫家。

老師書齋中，有一本簿子，登錄了許多他自製的燈謎，簿面上註明是有獎答，不論賓朋學生都可參加，猜著了馬上作書作畫相贈。我們見簿子也躍躍欲試，就告訴老師我們也想參加，老師不信小孩子能猜，就說：「記一則回去，慢慢的想，說不定也猜得到。」我們就記一首謎面是五言絕句（年久不記矣）謎底是論語四字。走到家中告訴母親，母親一聽謎面，就猜著了是「使民戰慄」四字，我們馬上飛奔回去，告訴老師，說走到家門口就猜著了。老師大概也算計到我們有了槍手，但是還是高高興興的，揮毫寫了一條幅，賞給我們，但是並未蓋印章。母親見了就說：「下次上課時拿回去，請老師蓋個印才好。」不料老師的印章，一律由師母保管，老師自己不作主。乃轉向師母請求，師母推說：「印章目的是防假造，老師寫給自己學生的字，還假得了嗎？不必蓋了。」當時一般謠傳，師母控制印章沒有送禮，她是不會蓋的。而當時禮分許多等，貴重的是金華火腿、進口食品等，最起碼的是老母雞一對。

不久我們去季多舅家，母親把這事告訴了季多舅，並詢問：「是否自古以來老師寫給學生的字畫不用蓋印。」季多舅大笑說：「這是無稽（雞）之談，趕快送一對老母雞去，她就會見機（雞）而作了。」言罷，他也拿出一幅老師畫的翠竹展示。季多舅說，這也是猜燈謎贏來的，原來，在一次餐會上，心畬師出了一個自製燈謎，謎面是「上頭去下頭，下頭去上頭，兩頭去當中，當中去兩頭。」打一個字。未及終席，季多舅就猜出了，是一個「至」字。老師讚了一句：「到底是文勤公之後。」因為此謎較難，所得獎品也比較好些。

老師當年在社會上很有名氣，晚上酬酢很多，我們上課常有改期與久等之苦，等候時就站在巷中默背課文。當年台北市的汽車不多，請客的主人，常用私家三輪車送他回家，老師的身材稍胖，總是一人坐一輛，這時他酒醉飯飽，興緻極高。三輪車穿街過巷急馳，他卻能在小小的後座脫去布鞋盤膝而坐，口中還哼著四郎探母，我們聽到三輪車鈴聲，就知道老師回了。據說，當時能在三輪車上盤腿的就他老人家一人。

當時大家生活很清苦，先母在中央信託局工作，月入僅二仟餘元，每月三佰元束脩負擔相當重。有一次，老師去菲律賓兩星期，加上前後，一共缺課三星期，母親決定那三週不付學費。師母管老師的所有銀錢來往，她很不高興的問起說：「怎麼這個月的學費還不見交來？」大姐早已受了母親再三叮嚀囑咐，馬上和顏悅色的回答說：「母親說，這個月老師放了我們三星期的假，所以學費往後挪三星期。」師母聞言，慍顯於色，一言不發，反身就進去了。事後不知師母怎樣向老師說的，自那以後老師對我們顯得冷淡許多。這時我們已學了兩年，論語已講完了，正在學大學、中庸。母親嫌進度過慢，總說這樣牛步，何時才能做策論？正巧這時，外祖家以前的西席，也是母親幼時的老師，簡叔乾老夫子由南部搬來了台北，住在不遠的新生南路，母親就毅然決定換老師，請簡太老師續教「孟子」。

這樣我們就告別了溥門。因為簡老夫子曾是母親的老師，母親參加旁聽（但他老人家免背書）。所以，每週兩晚一家四口一同去簡府上課，今日回想起來，覺得真是「其樂融融，其樂洩洩」。轉到簡太老師處，很快讀完了

「孟子」。接著開始唸「左傳」，並學作策論。不到兩年我的策論做得也還不錯了。

原刊於《中外雜誌（361）》第六十一卷三期六十八頁，一九九七年三月號

早年留學的經驗（上）

早年來美留學的文科學生，因申請資助不易，經歷都相當坎坷，我也並不例外。我在大學二年級時，就交了一位本系（台大經濟系）的同學為女友，她複姓上官名字叫永欽。當年在台灣，男生於大學畢業後，必須服兵役一年半，才可工作或出國，女生則無限制。我因父母早亡，故於一九六一年十二月初，當完兵後，就帶了所有的財產－兩百二十四美元現金，與加州柏克萊大學的入學許可證（Form I-20），直奔美國。在我出國時，永欽已先到紐約有一年了，所以我就先去紐約，準備次年學校開學，再去柏克萊。

到紐約後，才知永欽已在此安頓下來。她已在一所大學，開始攻讀碩士，每學期選課六到八個學分，大約三年可以畢業。同時她也已找到了一份簿記的工作，及一份週末的零工。做到了自食其力，不但不需別人接濟，還可攢下不少的錢。對於一個剛來的窮學生來說，這當然是值得羨慕的安排。只是那所學校不算名校，得學位的時間也較長罷了。從相對的情形來看，她有這樣一份天地，當然很容易就把我說服，也留在紐約，半工半讀。當時總覺得「紐約是遍地黃金」，不會有人凍餓。別忘了我們那個時代的人，「留學」的目的之一就是「學留」啊！

既然決定了留在紐約，第一步就是要把吃住的問題解決。永欽有一個同學剛結婚，家中多一間房，我就租了下來，房租每月四十五元。因為離永欽的住處不遠，所以她也來搭伙，四人一起開伙，每週每人五元，自炊自食。每個月的結餘，還可去餐館打一次牙祭。當時，這已算是最低的生活，但比台北還高出了許多。每天都有番茄炒蛋，和青豆炒蝦仁。那時唯一的娛樂就是散步，頂著寒風，在百老匯（Broadway）上，步行六、七十條街，邊走邊看櫥窗，但是絕不捨得一毛錢，喝一杯熱咖啡。雖然如此，我還是很擔憂，恐怕那兩百多元，不能維持太久。

在吃住的問題解決以後，當然最重要的就是轉學。紐約的大學雖多，當然以能進永欽所進的學校為最理想。她進的這所學校叫紐約市立學院（City College of New York），簡稱CCNY。此校的學術地位並不很高，但在紐約的名氣很大，學費低廉。過去曾吸收許多家境貧寒，但成績優異的學生，如猶太金融鉅子巴魯克（Bernard Baruch），黑人參謀總長鮑威爾上將（Gen. Colin Powell）皆畢業於該校。前國務卿季辛吉（Henry Kissinger）在轉去哈佛前，也曾在此校讀過兩年。

這所學校自一九五〇年代才開始有研究院，在一九六〇年代初期還只有碩士班，以低廉的學費號召學生，並且鼓勵學生半工半讀，自食其力。這所大學在一九六〇年代及一九七〇年代的初期快速發展，利用其天時地利，盡量擴充，並高薪聘僱教授，因而成了美國第三大的大學系統，就是現在的「紐約市立大學（City University of New York）」。而我們唸的校區也發展為獨立的「巴魯克學院（Baruch College）」專精於管理各科。一九九〇年時，該學院經濟系教授馬可維芝獲得諾貝爾獎，更使各界刮目相看。我自己於一九七一年，被母校聘回擔任助理教授，而後升為正教授與系主任。經與大家共同努力，終於把這個學校拉拔到了二流的水平，在經濟及財務的領域也頗為人知，在學術上也嶄露頭角。只是幹了三十七年後，自己也成了絲盡的春蠶，終於在二〇〇七年從此校退休。

我被永欽說服後，兩人就同在此校攻讀管理學碩士學位。因為聽許多人說，經濟這行太難唸了，我們就都改為主修統計。校中有台灣來的學生近二十人，互相也都認識，並不寂寞。學校位在紐約城中心區，交通便利。為了方便學生白天工作，研究所的課程都排在下午五點鐘以後。當時對這所學校最大的不滿意，就是修業時間較長。

我們那時，初來乍到的學生，一則訊息不全，二則乏人指點，根本不瞭解美國的學位制度。在中國，大學本科後的第一級正式學位，通稱為碩士（Master Degree），不論科系，大概都是兩年畢業。美國的碩士學位有許多種，最普通的是文科（MA）、理科（MS）等。這些學位是由各校自行頒發，所以水準就因學校不同而參差不齊。但有些學位要受一個非營利的獨立的學籍學會（Accreditation Association）監督，如不達到一定的水平，就不被該學會承認，譬如管理學碩士（Master of Business Administration）就受這種學會的嚴厲監督。不合格者，這個獨立學會就不承認其學籍，那就表示是個「鴉鴉烏」的學位，這就是有所謂「承認」與「不承認」的分別。所有被承認的ＭＢＡ，不論在哪個學校，課程內容都是大同小異。一般較好的大學的管理碩士，都能符合這個獨立學會的要求，所以至少要兩年，才能畢業。但有的學校的ＭＡ或ＭＳ就只要九個月就能畢業了。把這些學位翻譯成中文，同樣都是經濟學碩士，你如要讀經濟管理碩士（MBA in Economics）要花至少兩年，但如讀經濟文碩士（MA in Economics），或經濟理碩士（MS in Economics）就只要兩個學期就夠了。中國人是最懂取巧的，所以凡是想拿一個學位，就回國唬人騙職的，大多就選擇ＭＡ或ＭＳ。如想在美國覓職生根，就得讀一個受承認的ＭＢＡ比較容易找工作。

學校弄妥後，下一步就是準備找工作。在那個時代，最適合中國學生的工作，就是在中國餐館當跑堂（Waiter）。但是一般餐館並不僱沒有經驗的跑堂，所以必須先做學徒。那是最低的一級工人，主管收撿吃剩的盤碗，沒有工錢，也沒有小費。開始做學徒後，我知道自己已到窮途末路，所以工作特別勤奮努力。老板看在眼裡，大概覺得是「可造之材」，就叫我在白天生意不忙的時候，幫忙帶領客人。在餐館裡帶領座位是「開畢籐（Captain）」的工作，我當然受寵若驚，自忖老闆大概有意重用。這天中午，我見有兩個高大的美國客人進來，趕快拿了菜單，向前一鞠躬，笑臉相迎，領他們去座位。誰知他們並不走動，只掏出一個銅牌給我看，銅牌上起首的兩個英文字是「移民與歸化」（Immigration & Naturalization），我都不認識，所以也不知道他們是何方神聖。這時餐廳的後門也進來兩個美國大漢，跑堂們見了他們，就雞飛狗走，有的奪門而出，有的跳窗而逃。原來那時中國餐館的跑堂，很多都是跳船的海員。那些美國大漢都是移民局的官員。美國的執法人員，執行勤務時總是先出示銅牌（Badge）證明身份。我事先毫無防備，就被逮個正著，帶到警車內。他們問我是何身份，我說是剛到的外國學生。他們檢查了我的I-20入學表後，就說外國學生不得在校外工作，這是違法。我辯稱我不知道，沒有人告訴過我。他們請示了總部後就說，既然我是剛到，不知者不罪，就算記一個嚴重警告，列入檔案。如果再次違反，就要被遞解出境了。我當時被嚇得屁滾尿流，不知所措。其實我真要感謝這兩個大漢，被他們這樣一嚇，我的學生時代再也沒去餐館工作，所以沒有機會染上，那些餐館中的嫖賭惡習。

紐約雖不是遍地黃金，但工作機會卻是很多。很快我就找到了工作，在一家服裝公司的倉庫裡做搬運工人。移民局不可能來查身份，我當然沒有風險。

我每天工作七小時，週薪八十五元。每月可淨存兩百餘元。當時台灣公務員的月薪約四十元，而紐約的物價不及現在的十分之一，汽油一加侖也只十九分。所以就收入來說，這是一份中國學生，人人稱羨的工作。那時我從沒賺過這麼多的錢，當然就有點利令智昏，忽略了讀書。

我到紐約後不到三個月，吃、住、學校、工作的問題就都解決了。生活可謂是緊張忙碌到喘不過氣來。但是生活很安定，手頭也相對的寬裕。永欽很自然的就想到結婚。那時我還不滿廿四歲，本來也想像霍去病一樣來個「匈奴未滅，無以家為」的遁詞。但是考慮到婚後在費用及時間上可節省許多。我們就於一九六二年的暑假結了婚，婚禮則在晨邊大教堂（Morningside Cathedral）舉行。

到一九六二年九月再開學後，我就正式選修了研究所的三門課程。原來當初報到時，只求少修學分，早畢業。就把台大的類似課程來冒充，自作聰明的以為可少繳點學費，而早些畢業。其實，美國一般的研究所，並不會因為你在別校修過所有的必修課，就讓你免修畢業，天下哪有這樣的好事？你如修過了必修課，就讓你改修其他類似，或更高深的課程以代替。我報到時，就犯了這項錯誤，我硬要求免去研究所的基本課程。所以開學後，選的三門課都是比較難的高等統計課程。對我這個經濟學的本科畢業生來說，就非常吃重，更何況根本沒有時間唸書和做習題。美國管理學院的授課方法與國內不同，沒有一門課是「照本宣科」的。許多課都是由學生在課堂上作報告（Student Report），然後互相討論（Discussion and Debate），下課前十五分鐘，由教授作結論（Conclusion）。這種上課方法使學生必須全神的貫注，與充分的參與。稍不聚精會神，就聽不懂了。每晚這樣四小時的課程，當然是筋疲力竭。又因為工作勞累，到了週末想玩想休息，更難專心讀書。

那學期終了時，可說是我的求學過程中，最黑暗的階段。我所修的三門主修課的成績都是C，而學校規定主修課的平均必須達到B。自己看了成績單後，也傷心得抱頭痛哭。首先想到轉校，但是換校談何容易？憑如此這般的成績，那所學校會收？經過徹夜的考慮，決定還是轉回經濟系，希望東山再起。次晨硬着頭皮去見外籍學生顧問，當然這位顧問並不體察民情，不知癥結所在。他除表示同情外，願再予我一次機會。我卻心知肚明，一切的問題都來自白天的全時工作。這樣的工作量與課業量，就算美國學生也無法兼顧，更何況是英語尚不靈光的中國學生？因為已經結婚，責任心加強，深覺如此沉淪下去，不但辜負了許多愛護我的人，更對不起自己的妻，心中萬分的歉疚。想到這裡，亡母慈祥的音容，及其他親友鼓勵的臉龐，都從腦海掠過。再看到面前低泣的妻子，這一切都有如當頭棒喝。這時忽然「學業」、「家庭」、「前途」就像醒鐘一樣，在我的耳畔如雷鳴般的迴響。剎那間我「頓悟」了。我不能以目前賺得的小利，及安逸的生活為滿足，而放棄了留學的目的，和叛離了人生的正途。所以應當立刻來個懸崖勒馬，浪子回頭，斷然辭去倉庫的工作，專心專意的回去讀書。

就這樣，我於一九六三年的秋季開始成為了一名貨真價實的外國研究生。當然回首過去一年半的時間，也不能算是完全的浪費，因為這時我不但口袋裏有了五千元的積蓄，同時也有了一個共同奮鬥的嬌妻。與剛到紐約時相比，現在要覺得安全多了，當然能靜下心來讀書。轉到經濟系後，第一學期我選了四門課。班上有十五、六個學生，沒有其他外國學生。同班的同學譚希（Frank Tansey）和我同選了微觀經濟學，期中考試成績他是全班第一，我以兩分之差得了第二。後來在圖書館碰到，他見了我桌上有一本翻得很破舊的英漢字典，他有些驚訝的問道，你還需要字典嗎？我說我是剛來不久的外國學生。他聽了後，臉上露出了一些敬意，此後我們就成了好朋友，這份交情也延續了近五十年，直到現在。

許多中國留學生，在選校時喜歡選一個中國人多的學校。又為了節省，總與中國學生同吃同住。所以來了幾年，英文的會話和寫作，都沒有什麼進步。我來美後也是在中國人圈子裡打滾，又很快結了婚，英文也沒進步。所以我就覺得應多交些洋朋友，不光是磨練英文，也多了解美國的民情風俗，增加一些常識及訊息。要交洋朋友，當然以學校中的同學最為理想。不但可互相切磋，還可從他們那裡得到些學業上的情報。除了譚希外，我很快就與另一個同學馬丁也混熟了，我們都結了婚，所以常常三對一起出遊。有時另一對中國學生史偉夫婦，也來參加。後來馬丁去了加大的洛城分校（UCLA），得到博士學位。譚希去了哥倫比亞大學。史偉在NYU拿了博士，去俄亥俄州立大學任教，聽說退休後去了澳門。

當年的MBA學位，都要求寫碩士論文。到一九六五年的春季學期，我已經把論文全部做完並通過。按移民局的規定，外國學生得學位後可工作十八月算是實習訓練（Practical Training）。所以我在一九六五年初，必須要決定是繼續升學還是找較長期的工作。因我們常在一起的同學，其他三人都已決定繼續深造，我很受他們的影響。而我最後一學期遇到了一位兼任教授惠特奈，他是羅格斯大學（Rutgers University）的專任教授，他竭力勸我申請羅格斯大學，並說可為我設法得到助教金（Fellowship），所以我也向這三所大學申請了博士班的入學。

這年的三月，我收到了紐約大學（NYU）的入學許可，但學費很高，我不考慮。到五月初，我又收到了UCLA的入學許可，我很嚮往。這時在新澤西州的羅格斯大學也來通知說，入學已准，助教名額尚在分配中。這樣我就決定了繼續深造。又過不久，就收到CCNY畢業通知，要我去參加畢業典禮，正式授予MBA學位。這時我才覺得又歷經了一番滄桑，在人生的道路上，又走完了坎坷的一程。與以前不同的是，這個段落完成時，除有了嬌妻學位外，囊中並不如洗，可算是「敗部復活」了。

暑假結束時，我就去羅格斯大學面談。該校在紐約的郊區，校園很完整，建築古色古香，很有新英格蘭的風貌。到達後先由高年級的學生，帶我參觀教室、研究室、圖書館等地，並做了彙報。見到系主任後，他先問我印象如何，我就誠實的告訴他，我同時還在考慮洛城分校。他眨了眨眼睛說，我們都已經準備你來了，你的信箱及註冊文件都準備好了。然後他好像自言自語的說，你不是要學經濟嗎？美國的經濟中心不是就在東部嗎？去西部幹嗎？我也不知怎樣回答他，心中倒也覺得他問得蠻有道理。我起身告辭時，我一邊感謝他的招待，一邊引用了一句麥克阿瑟元帥的名言：「我會回來的！（I shall return!）」。

原刊於《經濟學家茶座》第四十一輯二〇〇九年五月號
《華美族藝文集刊》第六集，二〇一一年八月十五日

早年留學的經驗（下）

自一九六五年起，全世界開始動亂不安。中國大陸經歷了，所謂十年浩劫的「文化大革命」。而太平洋彼岸的美國也因越戰的擴大，而成多事之秋。各大城市的犯罪率提高，種族對立尖銳，貧富距離拉大，城市發生暴動。年輕人產生了厭世、憤世、出世的心態，因而出現了所謂的「嬉皮族」。又因越戰升高，美國由募兵制變為徵兵制，二十六歲以下的青年隨時可被徵召入伍，唯有學生能獲緩役。許多年輕人寧可留在學校也不願去越南，因此各大學的研究院所，人數爆滿。學生的厭戰反戰情緒造成校園的動亂，讀書風氣低迷，吸毒普遍，逃課與退學率偏高。我在羅格斯大學經濟系報到後，才知這年的研究所新生有四十餘人，很多都是躲兵役來的，一年後就不見了。到二年級時，就只剩下二十來人，都是真想唸書的用功學生。

從一九六〇年代的中期開始，因為電腦的普及，文、商、管理等領域的各科系在結構上，都有很多的變化。在經濟領域中，原來的許多抽象觀念，譬如說「消費者之信心」、「技術進步」、「商品彈性」等，都可以用電腦計算出來。更有些經濟學家利用電腦，可以概略的算出，將來的經濟遠景，這就是所謂的「經濟預測（Economic Forecasting）」。原來在經濟學裡已有一支叫「計量經濟學（Econometrics）」，專門研究如何利用數理的方法，來解釋經濟現象。這支學問就因電腦的運用，而開始走紅，我就決定以計量經濟學為主修。

因為電腦用到經濟學上，教授們的研究重點，也由圖書館搬到了電腦室。而一般的教授，自己並不懂電腦的程式與操作，所以「研究助教」的名額就應運而生了。我們這些新來的博士班學生，到第二學期也都成了研究助教。每週工作十五小時，每年兩千五百元，分十個月發放，暑假每月有四百三十元，可勉強供夫妻兩人的生活費用。當時永欽已考到了聯合國工作，也有全職薪津，所以我們生活得較其他同學，還寬裕一些，與同學來往，沒有阮囊羞澀的問題。

我雖住在紐約，但是和同學處得很好，常常相聚。年輕人相聚時總少不了

「酒」，很快他們就發現，我不但酒量好，而且有關酒的常識也很豐富，所以相聚時都不會忘記我。一旦成了他們的哥兒們（Buddies），當然準備考試時，也就不會忘記我。雖然那時長途電話很昂貴，考前晚上就一定有同學打電話來，告訴我別班或去年的考題。所以我常說讀書如同作戰，要有友軍，也要有情報，獨立奮戰太辛苦了。

開學不久，永欽就發現自己懷孕了。我聽了始則一驚，繼而一懼，最後一喜。其實，那時我們結婚已經超過三年，我已有二十七歲，也應該做爸爸了。當我告訴親友時，同情我們的人多，恭喜我們的人少。我們自己到是樂天派，很為我們即將有個「家庭」而興奮快樂。一九六六年的七月，我們唯一的女兒誕生了，取中文名字叫靜倪。靜倪確實是個靜人兒，同時也帶給我了好運。她來以後，我們就把家搬到學校所在地--新布朗斯維克城，我可專心於學業。讀書和研究都相當的一帆風順，不再像以前的一波三折。

我們系中的主要計量經濟的住持大師，是杜塔教授（Prof. M. Dutta），他是印度人，畢業於著名的賓大之華頓學院（Wharton School），他的老師就是當時有「經濟預測之父」之稱的克萊茵教授（Prof. Lawrence R. Klein）。我被杜塔教授選為研究助教後，負責他的研究工作。杜塔教授上課時，可謂言必稱克萊茵，因此我們做學生的，也對克萊茵有一些敬意，對華頓學院也非常的嚮往。誰都料不到八年之後，我自己竟成了克萊茵教授的最主要助手，並在華頓學院開研究生課。

搬家後，永欽每天早出晚歸，到紐約上班。因她有「國際官員」身份，我們由臺灣請了一個年輕的保姆，兼做一些家事。我無後顧之憂，每天的時間都花在學校。雖然我是唯一的中國學生，倒也不覺孤獨寂寞。每天下班回家，保姆已將靜倪洗完澡，弄得香噴噴的，讓我帶她出去。我先逗她玩一陣，然後將她放在推車裡，推到巴士站去接她的母親。回來時，我們沿著公寓大草坪間的小徑，伴著夕陽的餘暉，迎著徐來的晚風，我挽著疲憊的妻子，推著醼笑的女兒，聞著小徑旁夜來香發出的清香，一路哼著輕鬆的音樂，漫步歸來。回到家時，晚飯已經準備好了。誰能說這不是神仙眷屬的生活？我退休後，常與老妻同憶往事，我總說如果仁慈的上帝准許我，重覆有生中的任何一年的話，我當然的選擇就是這一年；這確實是我一生中最甜蜜的一年啊！

到一九六七年初，杜塔教授接受了波多黎各（Puerto Rico）政府的一個研究計劃，要編制一個計量經濟模型，供政府財政收支之用，我的工作就忙了起來。所謂「計量經濟模型」就是一組聯立方程式，其中每一方程式代表一個經濟部門，把這組方程式聯立求解，就可預測出總體經濟的動向。我就負責收集數據，與測驗方程式。那個暑假，杜塔教授要回國兩個月，他只交待了一個大概就匆匆走了。我得獨立繼續研究，因不能事事請示，只好摸著石子過河。但我反覺得這是一個千載難逢，很有挑戰性的機會。所以我不但不因老闆不在而鬆懈，反而積極的努力，每天戴月披星、日以繼夜的工作。盡量遵照杜塔的意思，繼續做下去。如果有行不通的地方，也記錄下來，解釋困難之所在，並絞盡腦汁的想出代替的方法來。在杜塔教授回來前，我把整個的研究紀錄做成一份報告，放在他的桌上。他回來看了以後，把我叫去，首先誇獎我兩個月獨立工作的成績與驚人的速度，然後他容顏一整的說：「我很仔細的考慮了，你這兩個月的工作對整個研究計劃，有出我意料的重要突破。這不是一般的研究生能做到的，我應提升你的地位。如果你無異議的話，我正式的邀請你，擔任這個研究計劃的共同著作人（Coauthor）。」我聽了當然是欣喜欲狂，怎會有異議？對一個研究生來說，最夢想的成就，就是能與教授一同發表論文。國內外的教授在這方面多數都很小器，像杜塔這樣照顧學生的教授並不多。就是這個暑假末，杜塔教授帶了我做得的成果，去東京的「國際計量經濟大會」發表，一炮而紅，他也因而名聲大噪。

杜塔教授是一個很為學生考量的老師，他雖是計量經濟的當家住持，但是他不但不把持，反而禮賢下士。所以每學期都請一位大師來開一門課，包括莊瑪斯（Pheobus Dhrymas）、包威爾（Alan Powell）、莊士頓（John Johnston）及鄒至莊（Gregory Chow）等名師。所以到我選完課時，自己也覺得主修課蠻紮實了。但那個年代經濟學的博士確實是不容易拿到，選修課程時，尚需通過兩種外國語言考試。到唸完所有的課程後，必須通過博士資格口試，口試除主修科外，還要通過四門副修，才准開始做博士論文。

我在第三年暑假，通過口試後，就開始準備博士論文。因為題目偏重於理論，估計不會花時太久。這年的八月杜塔教授由倫敦帶回了好消息，我們的「波多黎各計量經濟模型」即將被劍橋大學的經濟雜誌（Review of Economic Studies）刊登。這本雜誌在當時全世界排名前五名，所有的圖書館都有，所有學經濟的人都讀。這時，杜塔就說，我應該一方面趕快做博士論文，另一方面也應開始找正式的工作了。

美國各行各業的博士級的覓職市場，都是由該行的學術年會開始。經濟學的學術年會，於每年的年尾，在一個大城的旅館召開，有數千人參加。年會主要目的是「以文會友」，會上宣讀兩三百篇的論文。同時這一年的，「人求事」和「事求人」的雙方也在此，作初步的會面洽談。如果互相有意，再作進一步的接觸或續邀。經濟學博士的工作，按性質可分為企業、政府、學校、及研究機構。一般年輕人都喜歡去屈指可數的著名研究機構，熬資格、打知名度。其次是去大學，任助理教授，每週只有數小時的教課，寒暑假可自由支配。一般的學生都能有兩三個續邀，最後希望能得到至少一份聘書，才不致畢業就是失業。

因為找工作，每天回家談話離不開找工作，朋友相聚也談找工作。永欽向來是不甘寂寞的人，她聽我們這些同學閒聊，大家公認「國家經濟研究局（National Bureau of Economic Research，簡稱NBER）」是首屈一指的研究單位。那時她已獲得碩士學位，就有些蠢蠢欲動。她上班時由電話簿查知，國家經濟研究局距離聯合國不遠，就打電話去求職。誰料對方的人事處竟通知她去面談。她去後，更未料到與她面談的，竟是芝加哥大學的國際著名教授薩諾維茨（Victor Zarnowitz），而且立予錄用。她回來後，興奮的告訴我，那裡的學術氣氛濃厚，工作非常有趣，具有挑戰性和創新性。就這樣，她就把以前視為珍寶的聯合國職位，棄如敝屣，轉到了NBER。更讓她高興的是，她雖只是初級研究員，但薪水反增加了。

到一九六九年初，永欽去NBER後，就與那裡的人事處混得很熟。她就提到我們一般學校的學生們，對NBER也推崇備至，只是無門可入。永欽很快就得到消息，有一個研究組，要一個懂計量模型的初級研究員。「近水樓臺先得月」，我當然很快就去面試，與我談話的是當時的「明日之星」哈佛大學的海桃夫斯基教授（Yoel Haitovsky）。他看我在第一流的雜誌上，已發表過模型的論文，馬上就錄用。待遇比照研究分析員（Research Analyst），年薪九千元，大約等於講師。他並說，如果我有博士學位就會算是助理教授，薪水當然會好些。就這樣簡單，我就擠進了NBER，這張窄門。

在我去NBER面試時，懷俄明州立大學的系主任也在考慮聘用我。但他說發聘書前，一定要杜塔教授寫一封信，言明我能在九月前完成論文。這種要求是常有的，因為受聘助理教授，按規定應有博士學位。所以我就去見杜塔教授，他告訴我，他確曾收到懷俄明大學的信，但他不準備回信。我問他為什麼不？這不是論文指導教授的義務嗎？他說，就你現在的情形，你絕對應該去NBER而不是懷俄明。我說：「懷俄明的工資高，年薪一萬兩千五百元，每年只教課九個月。與NBER比，是事少薪高。而且懷俄明是山明水秀，物價便宜，可以有個平靜舒適的生活。無論如何，這個決定是我的，你不能替我做。」他搖搖頭說：「你去定了NBER，懷俄明的信我是不會寫的。你是個聰明人，遇到這種重要的事時，要仔細的想啊！為什麼如此的短視又固執呢？你該回中國去算了。」我很激動地說：「這明明是我的事，你卻這麼霸道，你該回印度去算了。」他到也不動氣，很心平氣和地說：「你去了經濟學年會，一定已體會出，羅格斯大學的地位。你應知道，你的博士學位，在你的事業前途上，並不夠強。你還需要一個起始舞臺（Beginning Platform），NBER可以成為你的起始舞臺。你在那裡如果能努力表現的話，你會有無窮的機會，你不知道十年後會在那裡。但你如果去懷俄明的話，你大概就會老死在那裡了。」杜塔教授可說是我的恩師，當我在學業和事業上遇到迷津時，都給我了許多重要的指點。

與杜塔教授談話後，我就去了ＮＢＥＲ。很快就打聽出來，原來ＮＢＥＲ確是經濟學界最著名的研究機構，最初是以研究「經濟循環及動盪」為主，漸漸的發展到包羅各支各派。因為它是跨學派、跨院校的唯一的獨立研究組織，它有超然性和中立性。也可說是保守和激進兼收，理論與實用並容，美國的名經濟學家們幾乎都與之有些關聯。永欽與我同屬經濟預測部門。在這個部門中，宗師鼻祖很多，華頓學院的克萊茵博士是主持人之一。華裔著名經濟學家劉大中、鄒至莊也都直接參與研究。

那年，ＮＢＥＲ僱了不少的年輕人，大多來自哈佛、耶魯、芝加哥、麻省理工等名校，由指導教授直接推薦而來。連來自羅策斯特大學的，在那裡都得低著頭走路。當時ＮＢＥＲ採用的是中國古老的學徒制，一個成名的大師只帶一、兩個學徒。大師本人在名校教書，每一兩週才來一次，學徒就按照指示去做研究。這樣的安排，當然使學徒們受益最多，很能得到師傅的真傳。

一九六九年底，ＮＢＥＲ慶祝成立四十週年，在哈佛大學舉行「經濟模型和預測」的研究大會。這次會議有兩百多人參加，許多都是著名學者。他們的研究做得非常的嚴謹仔細；在大會上，各人不厭精細的侃侃而談；到討論時，都是虛懷若谷；對我們年輕輩也是和藹可親，這種精神真是值得我們佩服與效法。最使我敬佩的，就是華頓學院的克萊茵教授。他每次發言都是懇切陳辭，諄諄善誘，做到堅持而不激動，辯解而不攻擊，極有君子之風範。當時就夢想如能拜在他的門下，學上幾年，學問一定能突飛猛進，終生獲益匪淺。這次會議非常圓滿，我們這組的研究成果極得好評，由ＮＢＥＲ出版成專書，公諸於世，在ＮＢＥＲ這也是一項殊榮。

當我們在ＮＢＥＲ幹得轟轟烈烈時，當然忙昏了頭，我的博士論文就被擱置了。杜塔教授是負責任的老師，常打電話來垂詢，我聽了也不很在意。有一次，我不在家他就告訴永欽說，他有了別校的聘書，最近可能會換工作。這可將我嚇壞了，因為我聽說過，許多學生的論文，都因教授跳槽而泡湯。經此一嚇，只有振作起精神，快馬加鞭的趕做論文。皇天不負苦心人，在一九七〇年的五月我終於完成了論文，參加了畢業典禮，得到了經濟學的哲學博士學位。

在畢業典禮的歸途，撫今思昔，真可謂百感交集。記得我在讀書壓力最沉重的時候，曾用四句唐詩來形容。我自己每夜挑燈夜讀時就想到「嫦娥苦恨偷靈藥，碧海青天夜夜心」兩句。每到春光明媚鳥語花香，永欽嘆息不能出去遊玩的時候，我就想到「忽見陌頭楊柳色，悔教夫婿覓封侯」兩句。到這時，這一輩子終於永遠的脫離了學生的生涯。在學術的領域中，總算是更上了一層樓。同時，NBER也調整了我的級別。

原刊於《經濟學家茶座》第四十四輯二〇〇九年六月號
《華美族藝文集刊》第六集，二〇一一年八月十五日

教學生涯

談「紅樓夢」中的管理學

我不是文學家，更不是紅學家，只不過是一個管理學院的「客座教授」而已。有一次坐中央大學校車時與老同學，化學家兼紅學家，劉廣定教授閑談。他說《世界紅會議》今年即將在中央大學召開，問我有興趣參加否。我說：「《紅樓夢》，小時曾看過六、七遍，但並沒有什麼特別的研究。他聽了頗為驚訝，因為現在的管理學院的師生十之八、九，沒看過這部曠世名著。他們舉辦這次《紅學會》，卻已收到了廖育廉教授寄來一文，談到《紅樓夢》中管理學的思想與實踐。所以劉教授就大力說服我來擔任講評人，表示紅學會員也有懂《管理學》的，總不能讓人有「江東無人」之感，這樣我就得到了來《紅學會》忝陪末座的機會。

我們那個時代的人，十一、二歲開始看章回小說。先由三國、水滸、西遊記等開始，然後看紅樓夢，東周列國等比較深奧的書。看到紅樓夢時，其人物之多，結構之密，詩詞之美，令人嘆為觀止。尤其是看到，寶玉在「太虛幻境」遇「警幻仙姑」，及賈瑞把玩「風月寶鑑」等章，年方十二、三之發育少年那能罷休？看了六、七遍並不為多。後來做了管理學院教授，卻從未能將管理學的理論及實踐，與紅樓夢串聯在一起，發表一些有趣的論文，而讓他人先我著鞭。只有說聲佩服，嘆聲慚愧。

嚴格說來，我這篇文章只是一篇報紙雜誌之趣味文章，不能算是管理學的論文。在管理學院中，每一篇論文一定要有一個假設，然後收集證據，依據證據而作推理，然後再由推理作出結論。如果假設王熙鳳與薛寶釵是有思想有抱負的管理者，我們必需有證據。再依據證據作出推理，然後再作結論，評定她們是或不是優良的管理者。

在廖教授的大作裡，作者單挑王熙鳳與薛寶釵兩人，來談傳統封建的管理與經營。王熙鳳的管理長才，可由書中第十四回至第十五回中，寧府秦氏之喪展示出來。而鳳姐的能盡才竭，力不從心，則淋漓的顯示於第一百一十回的賈母之喪。在這兩次喪禮之間，除了第五十五回與五十六回，鳳姐因小產失血養病外，榮國府的家政大權確由鳳姐一手包辦。這是否就證明鳳姐是個了不起的管理者呢？其實不然，這只證明她是一個執事者，而不一定是一個好的管理者。在第十四、十五回中，曹雪芹就寧府喪事，把王熙鳳放在許多繁雜人事中，用極有個性、有自信的語言和行動，表現她是精明果斷，有膽有識的女強人。她有組織力、有指揮力，是個管理奇才。他能一目了然，就知寧府的五大積弊。但另方面，又描繪鳳姐有唯利是圖、貪得無厭的個性。她和老尼勾結「關說」長安縣節度使，逼退張金哥的婚事，鬧出了人命。雖貪得了三千兩銀子，卻伏下賈府以後抄家之危機的遠因。這與台灣近年來的「關說案」，導致部長下台，有何不同？另外鳳姐之財務管理也是以放高利貸為主，法律不許。她並無興趣經營任何生產性的事業。

這兩章書也說明了鳳姐的御下是威多於恩，缺乏管理者應有的親和力。這並不合於管理之道，是一種強人統治。至於鳳姐的貪婪狠毒，也在其它各回中暴露。尤其是對付尤二姐之手法，更顯得她有殘刻少恩，口蜜腹劍的個性。這些都不是一個優秀的管理者，應有的做事的方法。雖然王熙鳳是紅樓夢中寫得最真、最活的一個人物，但對一個管理學的教授而言，王熙鳳不能算一個管理人才，也就是證據與假設不符。其實曹雪芹在著書之初，是想把鳳姐寫成一個無惡不作的賈府敗類，最後遭到被「休」的命運，以應「十二金釵正冊」中的「一從二令三人木」的讖語。那裡存心把她捧作一位管理學的捷才？但續書的高鶚對她慈悲為懷，讓她作惡作孽之後，仍能壽終正寢。而廖教授對她更是寵愛有加，奉之為管理捷才。

廖文之第二段，稱薛寶釵是管理哲學大家，似乎也有榷商之餘地，我只能同意作者說的「寶釵與鳳姐相較，她是才德兼備」。但她並不一定是管理學的理論家。在紅樓夢一書中，很難找到強烈的佐證，能證明寶釵是管理專家。廖教授雖用了幾個管理學名詞如「分層負責」與「參與決策」等。但並不能證明寶釵具有這些特長。到底薛寶釵在賈府只是一個作客的外戚，就今日的名詞說，充其量是個「外籍顧問」，就像學校中的客座教授，那容得你發展管理長才？

在五十五及五十六回中，鳳姐小產後，李紈、寶釵、探春三人替代鳳姐治家時，下人稱之病了一個「巡海夜叉」，又添了三個「鎮山太歲」中之探春，卻是一個管理人才。曹雪芹描述道：「只三四天後，幾件事過手，漸覺探春精細處不讓鳳姐，只不過是言語安靜性情和順而已。」可見探春是一個很得人心之管理者。評語所言「鳳能馭探，而釵又能馭鳳」，我難苟同。

在現代管理學中最有價值的並不是第十四章中鳳姐所專長的人事管理（Personnel management）。其實人事管理層次是最低的。只要有一個好的制度，一個上士班長可帶領一連士兵出生入死。但是廖文對賈府中管理制度並未研究，是一憾事。在現代管理學中最重要的是三樣東西：一決策（Decision making）、二創新（Innovation）、三財物管理（Financial management）。在第五十五至五十六回中，探春在前兩方面都顯示了長才。就決策分析言，就趙姨娘之弟（探春娘舅）趙國基之死，應送多少銀兩之事，吳新登家的故作不知來請示。探春一步一推敲的琢磨比較，最後決定給二十兩。可見其決策，有條理、有順序，非常的仔細。

探春之創新才能，可由第五十六回「敏探春興利除宿弊」中的承包制之推行看出。對此一承包制之詳細估算與計劃，都是探春做的，寶釵只是從旁贊助而已。所以真正有管理長材的是探春而非鳳、釵二人。我認為在第五十五及五十六回中，曹雪芹描繪的重點是探春，這當然是見仁見智，各執一端。在一個大家庭中的小姐，有尊貴的地位但沒有實權，更何況是庶出小姐？曹雪芹寫此二章的目的，就是給探春一個表現管理才能的機會。而續書的高鶚，卻忘了給探春，在去了婆家以後，有一個較好的結局。

總的來說，紅樓夢確實是自古以來第一部提倡男女平等的小說。三國演義中幾無女子，西遊記中女子盡是妖精、壞人。只有紅樓夢一書中，就男女人數言，男性共四百九十五人，女性共四百八十人。就詩詞歌賦言，女子也強於男子。在「男主外，女主內」之古代，曹雪芹在書中用暢談寧、榮兩府之管理細節，以襯托出女性之重要。雪芹先生一生命途多舛，當然造成同情弱者之個性。而探春既是女子又是庶出，可謂是雙料的受壓迫者。所以雪芹先生把她描繪成一個有管理長才的人，讓人心中出口鳥氣！

原宣讀於甲戌年（一九九四）世界紅學會議，國立中央大學文學院

「頤和園」講學回憶

一九八〇年的夏天，我接受邀請去台北參加「國家建設會議」。憑心而論，在臺北開國建會時，我心中的興奮是來自即將去大陸的訪問。這年的春天，克萊茵博士邀請了我去參加，他在北京開辦的講習班。這個講習班是以計量經濟學為主，共有七位教授參加，三個美國人，四個華裔美國人。除我以外都是著名的經濟學家，包括了史丹佛大學的安德遜及劉遵義，普林斯頓大學的鄒至莊、南加大的蕭政，及賓州大學的安藤及克萊茵。七人輪流接力，兩人一組，每組教學兩週，一共七周。鄒至莊和劉遵義兩位教授是第一組，先去大陸講學後，也受邀請來台灣參加國建會。所以我在國建會上遇到他們，當然知道了許多教課情形，和應做的準備工作。也知道了大陸需要哪類的書籍，所以帶去了許多台灣的翻版書，贈送給他們。

克萊茵在北京主辦的這個講習班，被國內稱為「頤和園計量經濟學講習班」，是上一年（一九七九）克萊茵與中國社會科學院談妥，專門為訓練全國各省的教授和研究人員而辦的，中方由中國社會科學院經濟所所長許滌新負責。這次的講習會開辦於中美建交之初，所以也為後來許多類似的講習會，開了一條先河，樹立了一個範例。

大陸自一九四九年建國以來，一直施行計畫經濟，整個經濟的運轉都是根據計畫而行。計量經濟學中有一支，叫「投入產出表」，本來就是俄國經濟學家梁鐵夫（Wassily W. Leontief），依據蘇聯的計畫經濟而發明的。但是這種計量模型必須有精確的數據，才能有效的利用，而蘇聯的數據並不精確。所以，梁鐵夫於一九二七年到美國後，這類模型的運用就突飛猛進了。

中國於一九七八年改革開放後，就很想學習這方面的知識。所以克萊茵提出這個講習班的構想後，雙方很快就取得了共識，並得到姚依林和谷牧兩位副總理的支持。只是當時他們缺少外匯，無法負擔外匯經費，聘請國外的教授。但他們願意負擔所有教授與夫人，在中國的全部費用。並邀請教授們於教學後，去任何國內的旅遊點，免費旅遊兩週，做為酬勞。講學的地點也由克萊茵決定；中方建議了廬山、北戴河和頤和園等數地。因為頤和園的英文名字是夏宮（Summer Palace），克萊茵以為一定涼爽舒適，所以就選了頤和園。同時，他向福特基金（Ford Foundation）申請了一筆旅行經費，負擔大家的機票。

我於一九八〇年七月二十七日，台北的國建會結束後，由東京乘日航班機去北京。在東京機場遇到另一位教授安藤的太太，一路同行。飛機著陸前，心情無比興奮，整卅年的離別，近鄉更是情怯。由機窗外望，只見一條六線公路，上面幾乎沒有車輛，我指給安藤太太看，她竟說那是一條河流。著陸後，機場上幾乎沒有飛機，但提取行李還是花了五十分鐘，因為只有一輛行李運送車。工作人員的制服，綠衣藍褲，大概是當時的空軍制服。既不合身，也不熨燙，顯得沒有什麼精神。但是到了通關口，就顯出了他們的效率。邊防軍官員，見了我的證件，馬上堆滿了笑容，帶我們由外交禮遇門通關。來接機的是一大群的人，由經濟所的副所長徐繩武帶隊。我們住在友誼賓館，一路上很少汽車，都是腳踏車，馬車也不少，馬匹沿路排泄，又髒又臭。那時一般人對北京的第一眼印象，並不很興奮。

次日我沒有課，社科院安排了安藤太太和我，一同參觀「故宮」、「天壇」、「頤和園」等處。路上熙熙攘攘，騎車的人最多，但不守交通規則。交通警察手提擴音器，大呼小叫。安藤太太注意到，違規人遠颺時，警察也只有跺腳叫罵而已，無法追攔。故宮的建築莊嚴宏偉，舉世無雙，令人驚嘆不已。但各處都顯得陳舊破爛，又叫人非常惋惜。參觀的人潮擁擠不堪。可能因為物質條件差，不是人人每天洗澡，到處充滿了體臭汗味。宮殿地上，痰跡斑斑，骯髒無比。與兩星期前，我參觀的台北「故宮博物院」有天壤之別。我沒有記日記的習慣，但我在當時的筆記簿上是這樣的記著：「雖然希望台灣能更進步，但是也希望，中國能茁壯起來。老天也該幫一幫這個殘破的國家，和可憐的中國人。」

為了我們的講習班，頤和園的南湖島對外關閉。因為九十八個學員都住在那裡，到處都見到蚊帳。我們的教室是慈禧太后念佛的佛堂，光線昏暗，狹小悶熱，幾乎透不過氣來。全室就靠六把搖頭風扇調節空氣，但是每把風扇都發聲響，好像是噪音協奏一般。教室中密密麻麻的坐滿了人，男女老少都有，光只由服裝上並不容易分辨他們。學員來自全國各省各地的都有。很多人都是鄉音無改，年紀最大的有六十多歲，最年輕的也有二十多。他們按級別而坐，正教授們都坐在前面，講師、研究生都坐在後面。雖是黑鴉鴉的一片，倒也鴉雀無聲，好像是「老殘遊記」中描述的「名湖居」聽書一般。當我停下喝茶潤喉時，就唯聞搖頭風扇聲。

這也是國內的經濟學者，第一次正式的在上級允許的情形下，堂而皇之的接觸到西方的經濟學。雖然他們多少仍帶著些驚懼和惶恐，但他們的學習情緒高昂，學習精神可佩。每個人都是如飢如渴，努力的學習，很顯出他們在白白的浪費了十年光陰後，求知的渴望。他們求知的毅力和學習的精神，使我們七位教授都有終身難忘之感。後來國內的經濟學術界，就戲稱這個講習班為計量經濟學的「黃埔一期」，很受國內學術界的敬重。

按照原訂的教學計畫，講學共分三期，每期兩週，克萊茵與我教最後一期並負責結訓工作。原訂克萊茵主持開訓後，應再來第二次與我共同教課，負責結訓。結果他不克分身，我就變成了唱獨角戲，一人苦撐。每天早上「授課」三小時，下午「實習」三小時，都由我一人負責。晚飯後，是兩個小時的「自修」時間，我可在旅館休息。為了他們的實習，克萊茵說服了IBM公司，借予IBM5000電腦一架，但因電壓不同無法使用，所以他們要求將下午的實習，也改為授課。因為我是唯一的教授，可以全部用國語講授，不需翻譯。所以上課時，無分秒休息。並因我能用各種方言回答問題，在學生們心中更覺親切而易懂。對中文詞彙的運用及板書，我也都不落於他們之後，因此也特別受歡迎。有些較年長的學員很難相信，我是在台灣受的基本教育。

每天晚上，兩小時的自修，原來是讓資深學員可以幫助年輕學生，一同復習。但是他們經過討論後，一致決定邀請我前往「座談」。我也因他們的誠意可感，覺得盛情難卻，也就不忍拒絕。雖說是座談會，但他們經過那麼多次「運動」後，都成了驚弓之鳥，有點風聲鶴唳。對外雖是炮口一致，但是互相之間，還是猜疑重重，矛盾很多。這些情形，美國教授當然看不出來，我卻一目瞭然。晚上座談時間，他們也不敢問及宏觀經濟的問題，生怕被扣上帽子。大部的人是聽而不問，記而不講，不發表意見。其實與外界隔離了三十年，他們連學術上的問題都提不出來，所提的少許問題也多是有關外界的一般現象。對於外界的一切，他們覺得樣樣都是新奇。我有些覺得自己好像是「桃花源記」中的「武陵人」，所以每天不停的講話八小時以上，當然是筋疲力竭、口乾舌燥，自己都不知道是怎樣熬過來的。上課不到一星期，就有失聲之苦，最後是靠中藥的「澎大海」，才能維持發聲。其他的作息時間，他們大家都是集體活動，不敢單獨與我們接觸。人人都是謹言慎行，絕口不談個人自己的經驗。

我們在來前，已受克萊茵之囑，上課時不談課外的事務，尤其不談政治及台灣。我也只講授經濟模型的編造及運用，盡量避免觸及西方的經濟思想。光陰荏苒，兩星期的時光，瞬間即過。閉幕式上，我代表了克萊茵致詞。社科院的副院長馬洪，宦鄉等設宴於「仿膳」餐館為我餞行。在當時，這是一個有錢也進不去的地方，我倒是吃了豐富的一餐。當我離去時，學員們列隊鼓掌歡送，隊伍一直排到南湖島的橋頭。我倒並沒有為掌聲之熱烈所動，但是那人人眼中所含有的感謝的目光，卻使我覺得值回了這兩個星期的極端辛勞，也給我帶來了一段終身難忘的回憶。

這次的講習班可謂是非常的成功。中國社會科學院也因此，奉准成立了獨立的「計量經濟研究所」。只是他們的高層中，有人不同意叫「計量經濟所」。理由非常可笑，他們覺得「計量經濟」和「計畫經濟」只一字之差，有些混淆不清。老百姓會說：「怎麼？不搞計畫經濟了？搞計量經濟麼？」所以這個新的研究所就被稱為「數量經濟研究所」。而參加這次講習的學員，回到各自的崗位後，都能默默的耕耘，發揮了應有的作用。使我們當年辛苦撒播的種子，能散在全國各地，開花結果，成長茁壯。而克萊茵博士也在這年的年尾，獲得了一九八〇年的諾貝爾獎，獎辭中推崇了他對計量經濟學之推廣上的貢獻。

十年之後到了一九九〇年，中國政府為表示對克萊茵博士的感激，舉辦了「頤和園講習班十年回顧大會」。在大會上，有許多當年的學員發表了他們和學生弟子的研究成果。大家十年後的久別重逢，把臂同憶當年的甘苦。當我們看到這些成果時，我猜最有成就感和滿足感的必是克萊茵博士了。光陰如箭，一晃又是十年，到二〇〇〇年的九月，社科院為提前慶祝克萊茵博士的八十大壽，主辦了「頤和園講習班廿年回顧大會」。當年的七名教授都回來了，也有不少的學員回來參加，大家都是蒼蒼華髮，略顯龍鍾老態。當然也有好幾位，我還能依稀記得的學員，已經離開了人間。而這時在社科院內，經濟、數量經濟和財務金融等三個研究所的所長，都已由頤和園講習班的第一代，或第二代學員擔任，充分的顯示出，後浪推前浪的世代傳承。這次團聚的時候，雖然大家都已垂垂老去，但那份重逢的喜悅，讓我們暫時忘卻了逝去的歲月，把我們又帶回到二十年前，甘苦相共的短暫相處。大家共聚一堂，歡慶克萊茵的生日，更一同珍訴了這二十年來的綿延感情。克萊茵博士更放棄了與家人同度八十華誕的機會，而選擇了與我們大家同慶，也可看出這次講習會在他心中的份量了。

刊於《經濟學家茶座》第四十一輯二〇〇九年三月號

【後記】

二〇一〇年六月，在社科院召開「頤和園講習班卅年回顧大會」之前。我受託去探訪克萊茵夫婦，他們已老態龍鍾，步履維艱，表示對大會的無限祝福，但遺憾無法參加。在歸程，我思前念後，往事如泉，特作兩首律詩，以表感懷。其一

四十年前知遇恩　親隨左右在師門
春風化育多桃李　絳帳籌謀定乾坤
各國周遊傳正道　中華遍地植苗根
頤和授業卅年慶　夫子豐功似崑崙

其二

追隨夫子四十載　朝夕相處共五年
苦樂忙閒時時有　如今回憶日日甜
吾師高壽登耄耋　我也枉過古稀年
長江後浪推前浪　香火傳承即是緣

第一首記述其功績，較工整合律。第二首屬現代詩，較敘抒情懷。又：「絳帳籌謀定乾坤」句，乃記其襄贊卡特總統幕，運籌拯救石油危機。

遍栽桃李兩岸春

前言

從一九七九年開始，一直到二〇〇七年我退休為止，我的寒暑假大都忙於海峽兩岸的講學和開會，共約四十餘次。在一九八二年的春天，台灣的經濟早已開始起飛。那裡的經濟學界，聞得我們前年在大陸舉辦的「頤和園講習班」非常成功。他們就向教育部反應，很希望我們在台北也舉辦一次，類似的講習會。這時台灣的教育部次長是余傳韜先生，他是一九七〇年代初期，被延攬歸國的才俊。他與我本就相識，就來紐約找我商量。我說最好是由他與克萊茵博士直接商談。經聯絡後，我就陪余次長去費城拜訪克萊茵博士。

余次長曾在美國教書多年，英語流利。大概是因為他們雙方都很誠摯，談得很投機。克萊茵首先表示，台灣的高等教育的水平很高，很值得辦這類跨院校的講習會。但是對美國教授而言，台灣沒有大陸的神秘感，沒有那樣大的誘力，無法吸引學者免費去教學。所以台灣必須付出一些費用，而不能光用免費旅遊來酬勞教授。余次長一聽很緊張，很怕克萊茵會獅子大開口。克萊茵徐徐的說，我們一共至少需要六名教授，每人授課兩週，每週就以一千元算，那就是一萬二。照當時的市價而言，這算是相當偏低的報酬。我在旁聽了，當然不便多言。另外，飛機票等加在一起，外匯部分大約是兩萬五千元。就整個預算來說，還需要住旅館、交通車、請助教、租場地等，一共大約會要伍萬美金。克萊茵就請次長回去請示一下，看還要不要辦。他說完就上課去了，余次長聽了卻好像撿到了一個寶。克萊茵離室後，他開心的笑著對我說：「怎麼？這麼便宜？我們作業估計以為至少要十萬美金。怎麼便宜了這麼多？這個價錢，我就可以決定，用不作請示部長。」我就說，那我們就在這裡等他下課回來，告訴他就是了。等克萊茵再回到辦公室時，他們兩人就決定了。原則上是於當年（一九八二）的七、八月間在台北重覆前年的「頤和園講習班」

的內容。當然除了邀請教授權外，詳細的內容與課程的編排，就都落在我的肩上。

從一九七九年中美建交後，旅居海外的知識份子，紛紛回中國大陸探親。這才發覺這個被封閉了卅年的神秘祖國，江山確實多嬌，各方的建設卻如此的落後，人民的生活又是那般的困苦。在美國的華人，看在眼中，痛在心裡。大家見到了中國如此貧窮，都想能盡一份綿力，所以組織了許多為協助中國開發經濟的社團。在紐約的華裔學人，就組織了「科技教育協會」。他們希望用自己的學識和經驗，來協助促進中國的「現代化」。他們與大陸連絡後，出乎意料的是，大陸官方表示，他們最感迫切需要的不是硬科學中的「尖端科技」，而是軟科學中的「經濟」和「管理」的技術。而在美國的華裔學人專家中，學工程與科學的多如過江之鯽，而學管理和經濟的卻是屈指可數。我因住在紐約，佔了地利，他們就常來找我商量。我就把「頤和園講習班」的經驗，告訴了他們。他們聽了，也覺得這種安排費用不高，是可行之策，決定來個依樣畫葫蘆，照辦一次。以後國內的許多短期講習班，都用了這個模式，其實是克萊茵博士首創的，只是沒有專利權而已。

不久「科技教育學會」就找到了國內的第一機械部合作。決定當年（一九八二）的五月底，在西安辦一個六星期的講習會。也是分三期，每期兩名教授，各教一個獨立的課題。每天上、下午，各三小時上課。就整個結構而言，也與頤和園講習班大同小異，只是用中文講課，沒有翻譯之苦，涵蓋內容也較多。學員則以第一機械部所屬的各院校，及其他大學的教師為主，不超過一百人。他們請我擔任開講的第一位教授，當然也付不起「束修」，就請我於課後在國內免費旅遊兩週。我因為還要趕去台北上課，所以選擇了去「長江三峽」，遊玩一週。只是後來「科技教育學會」找不到其他經濟及管理方面的教授，就把名字改為「西安工程經濟講習會」。而教授中有四人是學工程的，所教的課題也是系統工程和控制學。國內這方面的人才多如牛毛，並不太受歡迎。

西安講學

到一九八二年的春季，我就準備於學期結束後，立即去西安上課。課後，於六月下旬時，再趕去台北張羅克萊茵的講習會。那時美國的「中國熱」已開始，我臨離開紐約前，我自己的學校博士班的負責人來找我。說我們學校也想湊熱鬧，「進口」幾名中國學生。因為當時中國學生的學籍很混亂，他不知道該怎麼挑選，就請我代為物色，不論條件和成績，由我說了算。我就想起了鄧小平對卡特總統的名言：「要人多的是，你要多少？」我就問他要幾個，他說先來四名，都是助教名額。我心中暗喜，覺得有何難哉！其實不然，後來才知難是難在中國方面。他們互相擠壓，彼此鬥爭，結果還是浪費了兩個名額。

我們講學的地點是「陝西機械工程學院」，就在西安城內。對我來說，這算是一次很成功的講學。因為我教的學科是「管理經濟學」，這門課是由西方經濟學引導出來的，學生們從來沒有接觸過，自然覺得新鮮，容易討好；而且學生馬上可以看到它的應用面。第一機械部本來就是生產民生物品，如電冰箱、洗衣機等的。學生們當然想學如何求「成本最低」或「利潤最高」這些管理原則。最後結論時，管理經濟學被評為六科中最為有用的一科；我的教學也被評為第一。他們的「內部報告」是這樣寫的：「尤其突出的是紐約市立大學的粟慶雄教授，概念清楚，重點突出，邏輯性強，推理嚴謹，縱斂得當，舉例貼切；加上一口流利的漢語普通話……。」但對其他教授就根本沒有提及了，令我看了覺得很是汗顏。

講學完畢後，由校方負責安排我先去重慶，再遊三峽。到了武漢就由華中工學院接待，我也因此遇到了著名的張培剛教授。他是全中國最富有傳奇性的經濟學家。他是一九四六年在哈佛大學得的博士；他的博士論文曾被哈佛轉譯成數種語言。他畢業後，就找到了聯合國的永久性的工作。新中國成立，為了參與建設祖國，毅然決然的放棄了海外的一切，回到故鄉湖北武漢。好像在一九五六年，他建成了「華中工學院」後，就被打成了右派，只許教英文。文革以後才允許教經濟學。他雖大我二十歲，我們還是建立了深厚的友誼，互稱為「忘年交」。

我在西安講學時，已將我校的一名助教額，給了一位南開的講師，但是後來他未獲系中批准，名額浪費了。離開武漢前，就把我校的其他三個助教名額，都給了華中工學院。我希望能包括一位在西安上了我課，而成績很優秀的女助教，校方也同意了。後來因有人作梗，她並沒有來成，名額也被浪費。

張培剛教授後來訪美，特地來看我，說有不情之請。我問他是什麼要求？他說要我把一九四九年到一九八〇年代，經濟學中各流派的起伏變動，為他仔細的分析一遍。雖然他的學問底子厚，我還是花了近三個小時，才把「凱恩斯派」與「貨幣派」之差別講清楚，也分析了兩派間的恩怨。他的悟性極高，恍然大悟的說：「這不又回到了亞當斯密時代的『供給面』麼？怎麼倒走了兩百年？」真可謂「一語中的」。他用四兩撥千斤的手法，道破了五十年來美國經濟學的變遷。到二〇〇〇年七月，我去重慶開會後，特地由長江去武漢看他，他雖已耄耋之年，但身體健朗，精神抖擻。我們把臂歡談了四小時。我做了一首七律記念，其中對仗句是「坎坷皆因憂國起，老健猶能把道傳」。他聽了，認為是很深刻的描述，非常感動，也和了一首七律。

台灣的「計量經濟講習班」

離開武漢後，我就由上海飛東京轉台北，協助辦理克萊茵的暑期講習會。台灣當時對這個講習會看得很重，一是克萊茵已經得了諾貝爾獎，政府當然對之刮目相看。二是這個講習班是由教育部來辦，層次相當高。所以學生中，除了各大學的研究生外，也包括了政府經濟或相關部門的各級官員。台灣以前雖也曾辦過類似的講習班，但從沒有如此的規模與層次。

當年由政府邀請的學人，一律是住在圓山飯店。克萊茵夫婦提前了幾天到達，當夜正值颱風來襲。圓山飯店在山腳下，雷電交加，大雨傾盆，房間進水。次晨台北地區也有不少的地方淹水。一九八二的前後那幾年，可謂是台灣政治上的「黃金時代」，當時號稱「三頭馬車」時代，就是指蔣經國主政下，由孫運璿、蔣彥士和馬紀壯三位重臣輔佐。政治穩定，百業俱興，人民生活安定，島內一片昇平。就在克萊茵夫婦到達的第三天，教育部安排他們晉見總統，由劉遵義教授，和我們夫婦作陪。克萊茵當然很興奮，就來問我對蔣經國的看法。老實說，當時我們這一代的人，對他的印象都不太好，李遠哲就是一個好例子。因為在我們做學生的時代，蔣經國主管特務，可說是「白色恐怖」的根源。其實那時冤枉被捕的大多都是外省人。李遠哲受訪時，說到的那個半夜被捕的鄰居，大概根本也是一個外省人。在蔣經國繼任後，勵精圖治，勤政愛民，努力建設台灣的那段時間，我們已經都出國去了。所以克萊茵問我時，我只淡淡的說：「他是蔣介石的兒子。」

晉見元首，大家都很興奮，尤其是在威權時代。由總統府大門進去，憲兵舉槍敬禮，多少還是顯出些「漢家威儀」。不像現在，阿貓阿狗都可在門前留影紀念。我們進入會客室後。馬紀壯和蔣彥士兩位已先在座，當天的口譯是馬英九先生。經國先生出來後，與我們一一握手。坐定後，他首先問到，颱風之夜有無受驚，然後謙虛的說，台北的下水道系統不夠理想。接著話鋒一變，就問克萊茵對台灣的印象，有何建議。經國先生知道，克萊茵曾是卡特總統的首席顧問，所以就問及經濟政策如何擬定，事先如何知道效果等等。整個過程中，經國先生幾乎是只聽不說。我心中就在想，真聰明啊！這不是免費的諮詢麼？然後，他們又談到外匯存底的問題。經國先生說，他了解外匯存底不屬於政府，而只是老百姓存在政府的錢；所以，一定要善加利用。克萊茵答道，確實是如此，一般先進國家大都用之於長期性而回收低的投資，因為這些投資，老百姓不願參與。諸如：治河、治水、下水道、交通電氣化、自來水淨化等。兩位在座的秘書長也都勤記筆記。我們的晉見本應是十五分鐘，結果因賓主歡談，延誤到了四十五分鐘。直到武官進來示意，我們方握手道別。我誇獎馬先生的口譯，對許多經濟學上的新名詞都能翻譯出來，很不容易。他謙虛的說，最怕這種專業性的翻譯，他的背心都汗透了。當我們從總統府的階梯走下來時，克萊茵否定了我的看法，而對我說：「『他』絕對不只是蔣介石的兒子，他是一個英明的領導人。我見過許多國家的領袖人物，像他這樣，一心為國為民，而且虛懷若谷的人不多。」

第二天的安排是原班人馬，一早去行政院晉見孫運璿院長。孫院長平易近人，毫無官僚氣息。所談問題多是有關國際貿易、貿易升等，及引進高科技工業的問題。事後院長辦公室馬上為我們安排，參觀了「新竹工業園區」。當時園區還在草創初期，但是由我們經濟學家來看，很能看出將來的遠景。更何況是克萊茵這種見多識廣的老手。那天參觀的特定廠商正巧是，我中學同學負責的「台揚」。但是也在初創時期，一切顯得朝氣勃勃，給大家留下深刻的印象。克萊茵太太還開玩笑的問我：「既是你的老同學，你當初投資了沒有？」我幽默的回答說：「當然有！但當他們知道我是學經濟的，就退還給我了。」

為了節省整個經費，克萊茵同意了，我們的講習會辦在台灣科技大學的大型教室，而不在預定的豪華旅館。學員多來自各大學的博、碩士班，及有同等學歷的公務員。水平雖不整齊，但有許多很優秀的學生。因為師資優良，內容新穎，大家也都很用功盡力。可能是受了這個講習會的啟發，許多學生都繼續努力，最後很多都得到了博士學位。在台灣的有些場合常遇到他們，我因記憶力好，都還記得，但不敢貿然相認。因為他們許多現在都是官高爵顯，不可一世的人物了。

因為克萊茵和我是第一組，我們教完課後，教育部安排了我們去花蓮的太魯閣遊玩兩天。第二天早上七點半，克萊茵打電話來告訴我，他必須馬上趕回舊金山，因為收到急電，父親突然過世了。經余次長的鼎力相助與奔走，兩小時後，他們夫婦就上了回美的飛機。他因心存感激，就答應余次長明年再回來。

在一九八三年的暑假，我們又依樣畫葫蘆的回到台北，這次上課的情形，與去年也差不多，只是教學的重點放在應用面，以應當時的需要。此時余次長已調升國立中央大學校長，但還是負責辦完這次講習會。另一方面，中央大學當時並沒有管理學院，余校長就想，何不用講習班的教授，幫助他成立管理學院？因此我們都被聘為顧問。就這樣我與中央大學的管理學院，在以後的數年，也結了不解緣。不但去了多次，幫忙策劃和招兵買馬，也擔任過三次客座教授。一直到余校長離任後，我才淡出。

大連中美培訓中心

大陸自一九七八年的改革開放以來，就知道為求四個「現代化」的徹底推行，必須先改革經營的方式。而經濟管理方面的知識是要求普及，不像尖端科技，可以派少數人出國取經。西方先進國家因覬覦中國的市場，都願意幫助中國，建立起與自己相同的制度，因此紛紛來中國開辦這方面人才的培訓。在八十年代的初期，美、英、德、日、法、比等八國，在各大城市，都辦了培訓班，國內戲稱為第二次的「八國聯軍」。美國的聯邦商業部，與中國國家經委、科委、和教育部合辦的「中美工業科技管理培訓中心」，設在大連工學院內。於一九八二年開始，每年暑期有十多名美國教授來此授課，三、四百名學員來此學習，他們結業後，官運都很亨通。學員分成高級班和初級班，高級班學生級別很高，上海市的經委副主任陸吉安，就在這個班上。初級班則是工程師的級別，其中以後來升到福建省長及台辦主任的王兆國，最為出名。

這個培訓班的師資聘請，由加大柏克萊管理學院的前院長荷頓（Prof. Dick Holton）和紐約州立大學，水牛分校的任琦峰教授（Prof. Frank Jen）負責。他們邀請我於一九八四年暑期去教初級班的「管理經濟學」，一共五週，每週授課只有六小時。我答應後，有一次在開其他會議時，遇到了克萊茵，就告訴了他。他聽說後，表示也很想去。當我告訴荷、任二人時，他們聞得這樣重量級的教授願意屈尊，極表歡迎。馬上安排了一門高級班的「經濟預測學」，由克萊茵講授。這樣一來，我們兩人，又異地相逢的共事了。

大連培訓班的師資陣容，以這一年為最強。許多教授都是來自名校的知名之士。他們在做人處世和學問上，都達到了登峰造極的境界，與他們數星期的朝夕相處，每餐相共，談說之間，深覺得自己獲益匪淺，後來也成為了朋友。我教的是初級班，班上有一百二十餘人，絕大多數是工程背景，來自工廠或企業，年齡與我不相上下。因為我用中文教學，而對中國的歷史與文化也比學生懂得多，很受學生的尊敬與歡迎。他們不敢相信，我是在台灣受的基本教育。因此，對台灣也產生了正面的印象，糾正了「文革」時期的錯覺。因為沒有語言的隔閡，我與學生之間的交流與互動非常頻繁；學生下課時，我的房間總是擠滿了人。我獨自一人時就做詩自娛，因為不太工整，只能算打油詩。上課前寫在黑板上，同學中也有少數能作詩的，也作詩答和，我們戲稱為一起「打油」。我在大連只待了五星期，卻與學生建立了蠻深厚的感情。到期滿臨別時，反有依依之感，為縈繞的「離情」所苦，因此我做了十首「離情有感」絕句。其中兩首是：「蘇武牧羊北海邊，我執教鞭美利堅，遍栽桃李皆異種，桃李親甜唯此間。」，「此地一別萬里程，誰知何日再相逢，臨行互祝多珍重，碧水青山待歸人。」學生讀了也感黯然。有人用毛筆寫成大字，貼在牆上。大家都說比「大字報」有意義多了。

就在我上最後一堂課時，我在衣着上一改平時的T衈和長褲。不但穿了整套的西裝，更配戴了所有大學給我的教授的紅底銀字的校徽，那時大概也只有四、五個吧，但是很搶眼。同學們就問我為什麼如此正式，我用很沉重的心情回答說，這是我最後一次給你們上課，以後你們就聽不到我的聲音了，學生們聽了更是慽然。那一堂課，真是人人正襟危坐，個個聚精會神。下課鐘聲響起，當我向大家說珍重再見時，教室中爆起了掌聲。學生蜂湧的衝上前來，爭着與我握手致謝。到我上車離開時，車道上更是擠得水洩不通，車子在那一片道謝、祝福與珍重聲中，緩緩的離去。當汽車轉上公路時，我強忍着的淚水也終於流了下來，那是非常感人，也非常難忘的一幕。後來我與大家通信來往，保持聯絡了許多年。

因為我的教學成果好；學生一致推薦。到第二年（一九八五）初，荷頓教授就又打電話來，要我再去，並同時教高級班和初級班。我馬上答應了，因為我在這時已接到了，哈爾濱科技大學的講學邀請。大連距哈爾濱不遠，所以我於七月中旬，先去哈爾濱科技大學，講學一週，然後他們負責送我去大連。在哈爾濱時，因為就只我一個教授唱「獨角戲」，比較忙累；所以只去了附近的「太陽島」玩了一天。與全班同學同遊松花江，看到滾滾的江水及兩岸無盡的平原，不禁想起抗戰名歌，「我的家在東北松花江上」。

哈爾濱講學結束後，就匆匆的趕到大連。這年中美培訓中心的高級班是針對沿海開放城市而設的，稱為「領導幹部研討班」，由十四個開放城市的經濟委員會的主任或副主任參加。他們的年齡較長，級別很高，也有較完整的學歷，給他們上課比較費力。我開的課是「沿海特區的經濟發展」，其中有一個重要的部分都是台灣有過的經驗。由所謂的「出口擴張」、「進口替代」、「工業園區」，一直講到「工業升級」和「市場分散」。因為他們都是蘇聯的工程背景，對於供給面的生產與製造都很了解；但是對我教的需求面的問題，就覺得新鮮有趣。上課時主要是與他們討論而不是授課，因為他們對實務的經驗非常豐富，只是不懂經濟學的需求面罷了。上海市經委的陸吉安就說過：「我們都是工程師，如果你給我們實心的鐵杵，我們都能把它挖空了做成腳踏車。但是你要我們推銷腳踏車，我們就一竅不通了。」上課不久後，他們就漸漸的懂了，「製造」是供給面，而「行銷」是需求面；「行銷」當然應該領導「製造」。到我快離開時，大家成了很好的朋友。他們十四個城市聯合一起邀請我，明年再來大連前，先去最南的開放城市，湛江市訪問。湛江負責送我去深圳，深圳負責送我去廣州，然後經汕頭、溫州、寧波、上海等等，最後經天津到最北的開放城市，大連。我對這個邀請也有些心動，但沒有實現，因為我一九八六年沒有去大連，而去了臺北。

「有色金屬系統」的講學

我是於一九八六年的春天被選為系主任的，接系主任後，當然比較忙碌，較少奔波。於一九八七年的春天，去了上海的「交通大學」一個半月。教了一門濃縮的「經濟模型及預測」課。交通大學當然是第一流的工科學校，但剛成立的管理學院的MBA班，卻躍居了全校學生錄取的最高分，大家對之都刮目相看。學生自己也非常驕傲，也不很守教室秩序，非老牌教授還制他們不住。到我將離開時，盛振邦副校長就代表學校，頒給我一個「顧問教授」的證書留作紀念。在這種「重工輕商」的學校裡，也算是一項榮譽。

這年（一九八七）的暑假，我應國內「有色金屬系統」之邀，去桂林、長沙、北京講學，內子與小女同行。我用免費講學，交換他們對全家的招待。最後，去大連的中美培訓班上課。二十多年前，桂林還是一個相當落後的城市。「桂林冶金地質學院」就算是當地重要的學府，我教的課題是「經濟管理學」，約七、八十名學生。所幸桂林的旅遊點都離城不遠，每天上午講課，下午帶了全家遊玩，並有專人陪同導遊講解。暢遊桂林後，我們乘臥車去長沙。

我雖是湖南人，但是從未回去過，很想回去看看。在長沙除了湖南大學外，著名的大學就算是「中南工業大學」，原來叫「中南礦冶學院」，也屬於有色金屬工業系統。他們就安排了我來此教一週「經濟發展學」。因為湖南電視台訪問了，所以湖南大學，也請我去講了兩堂課，專講經濟模型。長沙講學後，內子先回紐約；我與女兒則乘飛機去北京。

「北方工業大學」在北京西方的石景山，也屬於有色金屬的系統，但並不算是名校。那年六月中，我帶了女兒來此，講了一星期的「經濟預測學」，學生也有八十餘人。一半是該校的研究生和高年本科生，另一半是有色金屬公司，或工廠的研究人員。除了記得伙食極差，多是罐頭，難以下嚥外，其他到都不記得了。這次應有色金屬部的邀請，一切安排，雖因他們的經費不足，而有些地方差強人意外，但內子要去的桂林和長沙也都到了，女兒也玩得很開心，所以不能算不圓滿。

在以上三校講學完畢後，我對有色金屬工業系統的任務就算完成。我們父女於一九八七年六月底，到了大連培訓班。這期美國教授中，因為我最資深，就由我擔任美方教務長。這年培訓中心的大樓已竣工，我們二人同住一個很大的套房，一起生活，也增進了父女間的親情。校方安排了她白天在外語系，教研究生的英語會話，還有工資，所以她也自得其樂。直到七月底才返回紐約。

原刊於《經濟學家茶座》總第四十二輯二〇〇九年四月

系主任的經驗

紐約市立大學

我在寫博士論文時，即已在紐約的國家經濟研究局（National Bureau of Economic Research）任職，到我學業完成時，就近水樓台的進入了紐約市立大學的巴魯克學院（Baruch College，City University of New York），任經濟財務系的助理教授。沒想一呆就是三十七年。到退休時，雖有些春蠶絲盡之感，但也暗慶，我們這一羣人相互的接力，終於把這個系拉拔到了二流水平。大陸與台灣來的學生，更歷年激增。

美國的大學系統（University System）都非常的龐大，紐約市立大學系統

（CUNY）排在加州大學與紐約州立大學（SUNY）之後，屈居第三。紐約市立大學的前身是紐約市立學院（City College of New York），那是一八四七年為紐約的窮苦失學的移民青年，而設的一所免費大學。當年即被稱為「窮人的哈佛（Poor Man's Harvard）」。這所學校到一九六〇年代，快速的發展成為十九所學院，共有二十萬學生，但各學院水準，非常懸殊。學校成立之初由市政府監督管理；到一九七〇年代初期，紐約市政府發生財政危機，才由州政府接管，所以就成了有實無名的州立大學。

紐約市立大學如以近年的入學成績論，巴魯克學院是遙遙領先；師資也遠勝一籌。這所學院其實是一所全面性的大學，下屬三個獨立學院，共約一萬五、六千學生，大半屬管理學院。近幾十年來，因為管理學科在社會上掛帥，加上系中又有教授獲得諾貝爾獎，因而聲譽鵲起，成為學生的首選。

我在此校服務了六年後（一九七八），升到了正教授。到一九八六年的四月，我們的系主任到期改選。因為過去十多年的擴大招聘，挖了許多資深的人來。那時這個系已經很龐大，專任講師以上的教員就有五十餘人，兼任也有七十餘人。學生中博士生有卅來個，MBA生有七百餘人，連同本科生，共有主修學生一千七、八百人。系主任是由全系講師以上的教員選出。校長可予免職，但不能自由任命，必須由原系重選。如果重選時，再獲當選，校長就自失面子，莫可奈何了。因此造成了系主任的特殊身份，名分雖不高，實權卻很大。所以每逢主任出缺時，總有許多人有意逐鹿。但經常是，想當的選不上，選得上的不想當。當時全系只有十二位正教授，較我資深的很多。我因過去在系裡十多年，待人處事都嚴守中立；工作以研究為主，不熱衷於其他的人事雜務；且曾休假多次，都獲照准。所以系裡的元老們，很想徵召我出任。這時所有的資深教授就聯袂來遊說我，希望能動之以情，曉之以義，為系服務。我考慮了兩天，覺得是盛情難卻，如不接受，反會樹敵，所以勉強同意了。

在美國的大學中，學系是最基本的獨立單位。系主任當然是一系之長，除參加系內外的會議外，其主要的任務包括排課，並負責全系人員的考績、升遷、任免及聘僱。當然一個好的系主任在執行這些任務時，也會隨時隨地的注意到「提高師資」和「改進教學」，這兩項原則。在上列任務中，排課最為複雜費時，一般都交由副主任全權處理；有爭執時，以級別和年資決定優先。而其他的工作都與教授的研究有關，如不由系主任親自牢抓，常會有不良的後果。

教授與研究

美國的大學教授都受合同制度（Tenure System）的保護，合同制度最初的設立，是為了保護學術自由，防止教授因學術意見的不同，而互相排擠傾壓，以至被解聘。各級教授連續任教滿六或七年後，就可獲得終身合同；此後除發生重大事故，學校不得解聘。

一般教授對學校的任務，除了上課及偶而參加各種校內委員會議外，主要就是利用自由時間，做學術性的研究，增進自己的學識，提高教學的質量，使學生和同僚能間接的獲益。在一般以研究為主的大學，研究的重要性遠超過授課。而大學為了鼓勵教授多做研究，排課時間不多。一般而言，管理學院的教授每學期只教兩門課，一週上課只有六小時，每學年一共廿八週，其他時間及寒暑假都可自由支配，學校並不過問。

教授的升等晉級，都由研究成績決定，所以系主任對教授的研究工作，必須有深入的了解。經濟系的研究面很廣，因為經濟學的旁支別類很多。有的分支是歷史性的，諸如經濟史或經濟思想史等，這支的教授都是文縐縐的，喜歡咬文嚼字，出口成章，好像大文豪一樣。這些領域中的研究工作，多賴坐圖書館，多閱讀、多思量。研究出的成果也以專門性的書籍，由各著名大學的出版社承印。當然他們講究的是慢功出細活，一本書的出版總得好幾年。另一極端是應用經濟學或財務學，這些領域講究用科學方法對收集的數據，做統計歸納，得出結論。所以數據之處理和電腦的運用至為重要，每天坐在電腦前的時間很多。這些教授大多比較年輕；不講究衣着服裝，也不注重待人處世。他們的研究對象多是當前的經濟或財務問題，當然有時間性；研究成果也等不及出版專書，必須以論文方式在各種雜誌發表。系主任為調和互相的歧見，知識必須有一定的廣度；對各分支領域，也要有相當的了解。此外教授所出版的書籍和刊登的雜誌都有很多的等級，系主任也必須摸清底細。系中的教授做研究的策略也不盡相同，有人以「量」勝，有人以「質」勝，質量之間如何取得平衡，系主任就得利用智慧來拿捏，作不偏不倚的評估，這樣才能顯示出系主任的功力。

一般的大學對教授的要求並不苛刻，並不要求每篇論文都是大塊文章。那樣的文章，雖可一舉成名，但是費時費工。我常告訴年輕人說，紅花雖好，也要綠葉扶持，所以不要專找第一流的雜誌投稿，以免退稿太多，令人氣餒。年輕的教授聽了，都點頭稱是地讚揚說，聽來就像是中國的箴言（Proverb），很有哲理。他們就稱之為紅花綠葉理論（Theory of red flowers and green leaves）。如果全是紅花，當然跑了，被哈佛、耶魯挖去了。如果僅是綠葉，我們也不會想留他。

因為教授受合同的保護，各系之中，都有一些教授在拿到永久合同後，就停止自己的研究工作。因為紐約有地利之便，他們喜歡去大公司做顧問，或去各種聽證會或法院作證人，賺取豐富的外快。有的教授喜歡寫大學的淺顯教科書，或其他商業性的書籍，而不做學術性的研究，這樣既可賺錢又可出名。一般較大的學校，都不鼓勵教授們擔任這類額外的工作；因為從長期看，都不能很有效的增進教授的專業知識。當然教授中也有的疏懶成性，安於現狀，不忮不求，不要升等。更有一些是壓根兒沒學會做研究，經常忙出忙進，但就是交不出成績來。在學校中，對於不做研究的副教授以下各級，通稱為「死木頭（Dead wood）」。系主任對他們也必須時常加以壓力與督促。

提高師資

提高師資是一個長期性的問題，做起來談何容易？首先何謂「師資」？師資當然是指老師們肚子裡的學問。每人肚子裡的學問是不能衡量的，唯有看他的著作，或與他談談話、聊聊天，才能瞭解。我接任時，系中的正教授多已蜚聲學界，他們的研究工作無須系主任操心過問。在一九九〇年，馬可維茨教授（Harry Markowitz）更以在財務領域的成就，獲得諾貝爾獎。但是副教授以下，還是有些死木頭，非逼不可。

按照學校章程規定，系主任與副教授職等以下的教員，每年至少應有一次正式的談話。因為我們系太大，人數多，就流為了形式。我上任後卻認真施行，而且談話時，在徵得教授本人的同意後，叫女秘書在旁用速記做筆錄，存入他的檔案。談話開始，總先請他總結性的介紹一下，他的研究之來龍去脈，並且預估未來一年中的進展。以後逐年作談話時，總先拿出去年筆錄，查詢進度。當然這樣的會議相當花費時間，有時尷尬的局面也會發生，但我還是用這個方法勸退了兩根「死木頭」。

對於提高師資的另一個方法，就是要特別做好新進人員的聘僱。我們學校有不成文規定，本校之博士生，不准留系，一則防止「近親繁殖」，再者防止「建立山頭」。因而幾乎每年都得僱人。在聘僱之前，系主任必須先向院長爭取名額，名額決定後，馬上由教授中選出兩組人來，負責招聘經濟和財務的助理教授（Assistant Professor）。他們先向各名校索取應屆畢業生名冊，挑定了我們中意的人選，然後與之聯絡，約定在年尾的「全美經濟學年會」上見面。每年的經濟學年會，都是在大城市的大旅館召開，我們預訂好兩個套房。這些候選人來面談時，我們有三、四人，對付他一人。眾人七嘴八舌，輪流問話，時常搞得候選人汗流浹背，緊張不已。我卻坐在陰暗的角落裡，注視全場，為他們雙方打分。開會三天，每組都接見了約十五人，我們在每組再篩選出四、五人來，請他們來紐約校園，進一步的瞭解。這時候選人必須就其論文，做一個公開的講演，全系教授都出席並給評語打分數，以供參考。為求審慎，最後的決定是由系行政小組票決，系主任並不一定得到多數。行政小組決定後，由系主任與候選人作最後的單獨談話，正式告知結果及一切待遇，薪水也由系主任決定，並不是「同工同酬」。當然我如認為合適的人，就把條件說好一點；認為不合適的人，條件說差一點；其實等於我做最後決定。

除新人聘僱外，我也採取了「單刀直入法」，直接邀請附近各名校的王牌教授，來系開課，讓年輕的教授與博士生，與他們多接觸，擷取教誨。我上任後，一共聘請了四、五位大師。而賓州大學的克萊茵博士就是第一位。在院務會議上，當我把克萊茵的履歷表提出時，院長及其他的系主任都驚呆了。有人說，天啊！有三十四頁，怎麼審核呀！我就說那就只看一行吧！某頁某行說：一九八〇諾貝爾獎得主，那不就夠了嗎？大家鼓掌通過後，都來與我握手說，讓他們開了眼界，見了從未見過的履歷表。克萊茵博士在華爾街有「經濟預測之父」之稱，所以他所開「經濟預測」課的「二合一班」也暴滿，院長看了也覺得值回了所付的高薪。

改進教學

為了提升教學的品質，我很重視學生的問卷，尤其是初級與中級的課程，因為這些課程多由較資淺的人授課。當然學生問卷不可全信，因為有些學生會對教學認真而分數嚴緊的老師，給予報復性的低分。初級的宏觀經濟學，微觀經濟學及財務學，我們每年都各開三十六班，對於學生的問卷給分，很容易算出平均數來。我對大家說，我的要求不高，你只要高過平均就行了。當大家都求高於平均時，全系的總平均還是提升了不少。我對每個教授也要求，每學期的得分，雖免不了有些波動，但發生連續性的降低時，應申訴理由。如果學生對老師有嚴重申訴時，我也親自處理，申訴書與答辯書一同存入該員的檔案。當然系中也有人認為是一種恐怖策略，但是我行我素，不予理會。

在我們市立大學系統中，我們有一種經教授工會認可的「同僚評鑑」制度。規定每學期中，每一個正教授以下的教員，不論兼任或專任，授課時必須受其他資深教授的監督。系中每年開課的有七、八十人，每人都必須由該科較資深的教員，旁聽至少一堂課，然後寫書面報告，算入各人考績。由這種監督，我們發現竟有人把需求與供給兩條曲線搞反了，也有人分不清眾數（Mode）和中位數（Median）。我在「同僚評鑑」上又想出新招，我要求同一位資深的人，為我旁聽同一門課的所有班。譬如我們每一學期開的八班計量經濟課，就由同一位資深教授旁聽。他不但寫每個人的報告，同時也寫一個互相比較的結論給我，這份結論很有助於次年的排課。

學術官僚

有人說，美國的大學是「教授治校」，其實這是外行話，美國的大學是一種代議性的合議制。管理學院內以院務會議是全院最高權力機關，由院長及七位系主任組成，所有案件都由投票決定，院長不得投票。但院長是唯一參加全校校務會議的人。試想如果院會上通過了院長不贊成的案件，他在校務會議上，會竭力推行說服嗎？所以我參加了一次院務會議後，就領悟到，必須與院長建立良好關係。所有我們系的重要案件，我一定先與院長私下商議，得到他的充分支持。至於其他的系主任，我就採取「遠交近攻」的戰略方法。在管理學院裡，經濟系與統計系在許多的領域，有激烈競爭，雙方都想爭取那些重疊的課程和經費，常起爭執，所以統計系是我的假想敵。而會計系與我系是伙伴關係，相輔相成，必須合作。但是經濟系與管理系及市場系就風馬牛不相及，容易和平共存，當然就是朋友。每次我有重要案件必須通過時，事先以電話或三點九五元一份的「中華料理」，把事「喬」妥。統計系的主任直到下任時，都不知道為什麼會常敗在我手裡。

至於系中的大小會議，因為系主任是法定的「領導」，我就採用速戰速決的手法把事敲定。就我的經驗，重要的案件，決不能讓全系經討論後投票決定。所以在開系務會議時，我總是先按我的看法作一報告，當然有人同意，有人反對，有人極反對。我就開放會場（open the floor）供大家討論，發言的多是看法與我相同的資深教授，用今天的名詞來說，都是我佈下的「暗樁」。經三四人發言後，就有一位極資深的P教授臨時動議，關閉討論（close the floor）逕行表決。就在有些人的錯愕與抱怨下開始投票，結果當然我得全勝。事後我告訴我的華藉助教說：「那個P教授前天中午吃了我一頓『中華料理』，這個小忙怎能不幫？這就是中國式的美國民主。」

在擔任系主任期間，受耽誤最多的是自己的研究工作。最不值得是，花在一些鷄毛蒜皮的小事上的精力。諸如年輕講師在厠所中吸大麻，研究生偷用電腦上的電話打國外長途，以及博士班學生作弊等，有時令人啼笑皆非。所以當我任期屆滿時，我就毫不戀棧的掛冠而去，回到自己的研究崗位。

原刊於《經濟學家茶座》第四十一輯二〇一〇年三月號

生活札記

老教授的悲哀

在深山中，有個老教授帶着四個兒子，安靜的過着與世無爭的生活。當年，這個老教授剛考取博士班時，就喜獲麟兒。因為覺得「書中自有黃金屋，書中自有千鍾粟」，畢業後，就可大富大貴，所以就把長子命名為「鈔票」，以示自己的期望。在博士班讀了一、二年後，他才發現滿不是那回事，光靠文憑是騙不了人的。真正重要的是，要有真才實學，才能出人頭地。正在此時，第二個兒子又誕生了，因之取名「學問」，以示對自己的鼓勵。博士班豈是容易唸的？必然要經歷所謂的「十年寒窗無人問」嘛！所以到老三呱呱墮地時，做父親的雖已年過「而立」，還在背書包、上學校，好像小學生一般，而畢業仍遙遙無期。傷心之餘，就叫老三為「年紀」，以示老大徒傷悲之意。到老么出生時，父親已經得到博士學位，並在一家大學堂裡教書。為人師表後，這才發現，大學堂的教授，那一個是在「傳道、授業、解惑」？上課時，只是廢話連篇，胡說八道而已，學生那一個在認真的聽？因而老四就被命名為「廢話」，以表示感慨與失望。當這四個兒子長大以後，他們懶惰的程度卻與年齡成正比。愈大的愈懶，愈小的愈勤快。

有一天，老教授交給每個兒子一個籮筐，命他們上山去撿柴，以供燒飯取暖，天黑前回家吃飯。兒子們離家後，老大疏懶成性，立即找了個清靜的地方，倒頭就睡，天黑方醒，空着籮筐奔回家來。老二出門就找人下棋，直到天黑肚子餓了，才在回家的路上，順便撿了幾枝木柴，以便交差。老三雖是找朋友喝酒去了，但酒醒時，天尚未全黑，到也努力的撿了一些柴枝。只有老四，從開始就勤勤奮奮的努力撿柴，所以滿載而歸。

到天黑時，四兄弟都回來吃晚飯，老教授在開飯前，先檢查了各人的籮筐，不禁仰天長嘆道：「天啊！鈔票一點也沒有，學問只有那麼一丁點，年紀倒是有了一大把，廢話卻有整整的一籮。」老教授看在眼裡，痛在心裡，免不了傷心的乾號了幾聲。山腳下的眾獵戶聞聲，磨刀霍霍地說：「怎麼！山中又出了一隻會叫的野獸！」

原刊於《美東華人學術聯誼會通訊》一九八四年十二月十五日第二期

台北觀劇記

我是台灣早期的留學生，出國已經卅七年了。過去的三十多年，都是在紐約的一所大學裏教書、打拚、忙碌，以博得一家的溫飽。雖也曾偶而因工作回國，但大多只是短暫的停留，印象不深。紐約是一個國際性的大都會，各種各族的藝術、文化、康樂活動，都非常頻繁，水平也很高。在紐約住久了，生活習慣與娛樂愛好，都不知不覺的逐漸國際化，品質上也要求高標準。對固有的中華歷史文化，反到有些漸行漸遠的趨勢。

五年多前，內子因台北的父親年邁，母親多病乏人照顧，乃毅然決然的放棄工作，拋夫別女，回到台北照料雙親。使我由一個最享自由自在地生活的教授，一下子淪為一個起居飲食都得自理的「無妻徒刑」的囚徒。逼得我每年寒暑假，必須放下手邊的研究、寫作等公私雜事，追蹤性的飛回台北，作鵲橋相會中的老牛郎。因此，每年也有近四個月的時間在台北渡過。

我向來對有關中國歷史文化的活動很有興趣。初回來時，很高興能藉此機會，重溫一下久違了的中華文化。當年的老友曾戲謂我道：「你不知道吧！台北變了，台北變成了現代的文化沙漠。重要的文藝活動都被政治經濟活動取代了，社會大眾只熱衷於拉選票、炒股票，至於文化活動嘛……只剩下『酒文化』與『食文化』啦，老兄每次回來何不吃吃喝喝算了，哈哈。」這段話聽起來雖是令人懊喪，但也確是實話。台北除了博物館可看外，一般的文化活動確實貧乏，寒暑假呆在台北，真如在沙漠中一般，無聊至極。

直到三年多前，天津青年京劇團來台演出，偶然的機會，我去看了一場。這一場京戲竟使我這個垂老之人，像觸電似的，心中激起一陣共鳴的火花。在短短的兩三年裏，變成了一個『老』戲迷。從那時起，不論在台北或紐約，只要有戲必看。而且廢寢忘食的閱讀多種有關京戲的書籍、專冊與戲譜。更不惜成本的購買各流派的唱帶、影帶、磁碟及卡拉OK磁片等。如果四周無人，有時也敢拉高了牛叫般的嗓門，唱一段「四郎探母」中的「我好比虎離山，受了孤單。」以自嘲妻離女嫁的孤獨生活。今年寒假在台北時，更拜了一位名師，開始學拉胡琴，每天早晚練琴之聲，雖噪如拉鋸，但卻持之有恆，勤練不休。

京戲自乾隆末年傳入北京，得以發揚光大，因而流行全國。京劇內容多是鼓吹忠孝節義，明辨忠奸，而結果也都是講因緣果報，獎善懲惡，以發揚我國固有的倫理道德。所以除了大陸上的「文化大革命」時期外，傳統的京戲一直是最受歡迎的民間藝術，也很受官方的重視與鼓勵。但是當前的台灣社會正快速地轉形，社會價值觀也在蛻變之中；現實的急功好利思想，取代了傳統的忠孝節義美德。所以京戲在台灣也是一項漸趨式微的國粹，大眾媒體也很少為之宣傳報導。

欣賞京戲也真是一門深奧的學問。京戲的劇本多取才於歷史故事。其詞句文藻，優美典雅，真可算是文學中之一部。京戲之音韻弦律抑揚頓挫，其陽剛處高亢激昂，其陰柔處如泣如訴，真可謂達到了音樂之最高境界。這樣的一個「歷史、文學、音樂」的三結合，就註定了會曲高和寡，知音不多了。現代的年輕人能在這三方面都有相當造詣的，實在是微乎其微。所以不論在台北或海外，喜愛而又懂得京戲的觀眾，都是一個已垂垂老去，寥寥無幾的弱勢族群。

近年來，台北較轟動的京劇公演，多半是由大陸劇團擔綱。有些大劇團一來就是七、八十個人，旅費成本自然可觀。這些演出多由國內財團之大老闆，而本身又酷愛京戲者，主持或贊助。演出地點多是國家歌劇院，場地租費也高。所以票價非常昂貴，最貴的票是第三排起，可以貴到台幣五仟元，大概是紐約的三、四倍，樓上及樓下後排則略為便宜些。至於頭兩排嘛，是大老闆用來作人情的贈送票，老百姓出錢也買不到。這兩排位子坐的，除了過了氣的將相外，大多是現任的高官顯爵，富商鉅賈，前來附庸風雅一番。至於真的懂多少京戲，就不得而知了。據說，舉辦這種大劇團來台公演的機構，多半賠錢。我聽了是不敢苟同，由經濟學來看，只要把所有的贈送票按價出售，恐怕就會反虧為盈了。

最近大概是兩岸政治氣氛不甚融洽，大劇團很少來台。現在比較流行的是，大陸來幾個名角及琴師，然後由台灣國劇界配合演出。例如今年初由李崇善、張火丁領銜的公演就是如此。演出場地也改在國軍文藝活動中心，聲光效果雖不及國家劇院，但也還差強人意。而最貴的票價也只有一千二百元，似乎較合乎大眾化，因而座無虛席，希望主其事者，能有一些合理的盈餘。

在台北看戲的次數多了，在等著進場或中場休息時，總不免好奇的觀察一下，看看其他的觀眾到底是些什麼人。台北的京戲觀眾中，男性占五分之四以上，平均年齡大約在六十五歲左右。他們大多是看去膚色黝黑，面顯飽經風霜，互相交談時，口音常帶多種鄉音。年紀雖大了，但背脊挺得筆直，步履也不蹣跚，滿佈老年斑的臉龐上，眉宇之間仍顯出一些當年的英豪之氣。一眼看去，就知這都是為捍衛台灣，年輕時即拋妻別母，犧牲了個人青春自由的國軍退役將士。按麥帥的名言：他們都是褪了色的老兵。據說許多人至今還是獨身住在榮民之家。

對這些榮民言，出來看戲可能是件大事，所以大多數也都衣著整齊，西裝革履。但仔細觀察，他們的西服多是剪裁不佳的廉價品，領帶打得正的也不多。白襯衫已呈灰色，領口袖口也多磨損，皮鞋更是不敢恭維。凡此種種，都顯示他們的經濟狀況並不寬裕。我不禁默默的想，戲院對他們應該還是有半價的優待吧。

倒不一定是當年軍中，為教忠教孝，而刻意提倡京戲，只是當年物質缺乏，京戲是成本最低的娛樂。只要一把所費無幾的胡琴，在一個連隊上，大家就能拉拉唱唱，打發時間。所以軍中康樂活動也以京戲為主。後來的陸光、海光、大鵬、明駝等劇團，也是由陸海空勤各軍種的康樂隊發展出來的。當時在軍中，不論階級高低，不論知識水平，大家聽多了都能哼唱上幾段，對一般較通俗的戲，更是瞭如指掌。

我屬預官九期，曾在國軍中短期服務，擔任排長，很了解當年軍中，物質生活低劣，精神生活苦悶的情形。在那樣的惡劣條件下，國軍官兵卻擔起了捍衛台灣的重責。使今天這兩千數百萬同胞，能逃過了文化革命之浩劫，而在台灣或海外安居樂業，這都是拜他們所賜。所以我對這些退伍官兵，不但有無限的敬意，還有一份感激之心。這種感受是我們這個年齡層次的人普遍都有的。而現在能與他們同座看戲，心中總有一些「與有榮焉」的感覺。與他們相遇或交談時，雖是陌生，總是和顏悅色，首先問好。陪我去聽戲的老妻就沒有這麼深的感受，有時還笑我自作多情呢。

京戲公演所排戲碼，當然是順應當時社會情形與觀眾愛好。前幾年，台北政壇發生所謂「X月政爭」，文武失和。京戲公演時必有「將相和」一齣。故事是說戰國時，趙國文臣藺相如出使秦國時，保救了「和氏璧」，得使「完璧歸趙」，因此微功而得封宰相。趙國大將軍廉頗不恥為伍，百般挑釁。而藺相如為了要外禦強秦，內安百姓。認為如果將相失和，外患內憂必起，所以忍辱負重百般退讓。終於感動了廉頗，親自到相府「負荊請罪」，兩人因而結為「刎頸之交」，同心協力，趙國大治。但是這齣戲的多次演出，並未收到啟發的效果。當時文武之間繼續惡鬥，導成各級政府議會上行下效，變本加厲，經常大打出手，不良影響流傳迄今，傳為國際間笑柄。

台灣政治不安，社會不寧，國民所得雖高，一般百姓的生活品質低劣，大家心知肚明，很多人都憤憤不平。總盼望能有不畏黑金強權，能主持公道正義的官員站出來，整頓社會風氣，撥亂返治。所以包公的戲也很受歡迎，其中以「烏盆記」與「鍘美案」為最。

「烏盆記」又稱「奇冤報」，是講一個克勤克儉的老實商人劉世昌，因遇雨借宿，遭謀財害命。死後被燒窯的趙大燒成了一隻烏盆。不料這隻烏盆竟會說話，終於求到善心人將它帶入定遠縣府，在縣台包拯前，用哀泣的低沉聲調，徐徐唱出受害經過，非常淒涼動聽。這戲的最後一幕是包公聽罷烏盆泣訴，怒不可遏。猛將驚堂木在桌上一拍，把拘提標籤向兩旁衙役重重一丟，高喝一聲：「帶趙大。」全劇也嘎然落幕。這時靜坐在那裡看得入神的觀眾間，忽然爆出一陣如動地春雷似的掌聲，全體都不自禁的站起身來，如癡如狂的連續叫好。觀眾之間，不論識與不識，相互作出一種認同性的點頭微笑。掌聲與叫好聲連續許久不絕，好像自己心中的多年積怨，也能為之一洩。我在國外及大陸看過多次「烏盆記」，但劇終時，觀眾的反應似乎都遠不及如此激烈。我心中暗想，這恐怕也反映了台灣一般老百姓的心理上之沉重負擔，與生活中的不平吧。

因為觀眾中老兵特多，戲碼中一定排有「紅鬃烈馬」與「四郎探母」，這兩齣描述年輕軍人出征多年後，回家與家人團聚之戲。兩戲一喜一悲，都是京劇中家喻戶曉的最通俗的戲碼。「紅鬃烈馬」算是喜劇，雖也有片斷的悲歡離合，但結局是大團圓。「四郎探母」是描述宋朝老令公楊繼業率八子，保護宋王親征遼國，在金沙灘一場會戰，大敗而回。四個兒子當時戰死，另二子失落番邦。楊五郎因而看破紅塵，做了和尚。只剩下楊六郎得命回來。老令公最後也自殺身亡。楊四郎被擒後，改名木易，作了遼國鐵鏡公主的駙馬，並生有一子。十五年後，楊六郎成了宋朝元帥伐遼，母親佘太君任押糧官。楊四郎思母心切，乃求鐵鏡公主盜了令箭，偷偷回宋營見母、見弟、見妻。一家人得以短暫的團圓一宵。但到五更天亮，必須回轉遼國，否則鐵鏡公主母子必因盜令之罪，難逃一死。所以五更時，只好又別母別妻別弟妹，把心腸一橫獨自再回番邦。這是齣忠孝節義樣樣俱全的，感人肺腑的好戲。百看不厭，我看過也有十遍以上了。雖然每看必哭，但是還是我的最愛。

我因九歲喪父，由寡母養大成人。但十九歲時，母親即積勞病亡。現雖已到耳順之年，但風樹餘思仍相縈繞。總以「子欲養而親不待」是人間最慘的恨事。在戲中，看到四郎重見了久別的母親一段，怎能不鼻酸淚流呢？古時即使母子久別重逢，也不作興擁抱親吻。四郎見到母親，只能跪在地上，猛向母親不停的磕頭，心中歉疚的悲傷唱道：「千拜萬拜，也折不過兒的（未奉養之）罪來。」聽到這裡，想到自己連拜母的機會都沒有，悲從中來，熱淚竟如泉湧一般，奪眶而出，再也忍不住了。此時非用手帕擦拭不可，但又怕被鄰座的人吃笑。在紐約看過幾次「四郎探母」，朋友中，就我這老頭哭得兩眼通紅，也挺不好意思的，有的朋友還以為我家中發生了什麼事故呢。

在台北看「四郎探母」不會因落淚而不好意思。環顧四週，三分之二的觀眾都在唏噓不停。許多榮民觀眾從一開始，楊四郎在番邦唱如何思母時，就頻頻拭淚。到我眼淚來時，他們早就哭得淚人兒般了。有的人還有些抽搐。但他們或用手帕，或用紙巾，或用衣袖很快的擦拭，有的假作揉眼，有的假作擦鏡，唯恐被人笑話。要知道這些都是當年身經百戰，馳騁沙場的英雄好漢，怎肯在人前落淚？其實，「英雄淚不輕彈，只因未觸傷心處」，想到這裡也更為他們難過了。想當年，他們都是少小離家，或是志願從軍，或是被時勢所逼，或是被抽壯丁，甚至有的是被騙的。當年離家時少不了，辭妻別母，或手足親友依依話別。這種情景一生怎能忘懷？午夜夢迴時，怎能不縈繞於腦海？如今隔了不是十五年，而是五十年，雖可能已回家鄉一看，但是慈母還健在嗎？愛妻改嫁了嗎？手足還能團聚嗎？他們觀看「四郎探母」怎能不悲從中來呢？

在台北看「四郎探母」，我的感受是一則為自己思母而感傷，再則也因看到這些可愛可敬又可憐的老榮民觀眾，恨不能與他們相擁同泣，助其悲也。套兩句白居易的詩：「我看此戲已嘆息，再看觀眾重唧唧」。這種感受不是在海外看戲所能有的。所以在台北時，只要有「四郎探母」演出，我一定去一看再看，百哭不厭。如此倒反覺得更能值回昂貴的台北票價。

在台北看京戲雖是一種享受，但也有許多地方給我一些負面的印象。在美國看戲劇、聽音樂是上等社會的活動。在紐約的林肯中心或卡內基音樂廳，觀眾男女都是衣冠楚楚，濃裝豔抹；香水古龍水之香味，撲鼻又刺鼻。大家姍姍而行，禮讓為先，反正是對號入座。坐定後，偶而輕談外，很少高聲。前面座位有空著的也白空著，出啥錢坐啥位子嘛。中場休息時，附設之酒吧稍微擁擠，但一般觀眾也只走出廳來，主要是舒散一下腰腳而已。

台北看京戲就沒有那麼舒服了，一般觀眾對應有的禮儀都不重視，可能也不懂吧。雖然座位也是對號，大家還是爭先恐後。坐位也比較小，有些擁擠。坐定後，有時還傳來一陣陣的「人體味」。好像附近有人數日不洗澡的味道。這種現象，夏天尤甚。有一次，我的右邊坐了一個獨自來看劇的老翁，看起來像是位榮民。顯然的，他在來前已飲了無數盅。入座後，他張開大口，酒嗝不停，嗝聲嘹亮。其味令人作嘔，但他完全不知道打嗝應用手帕。我側頭看了他幾眼，他也不覺有什麼錯。我躲無處躲，又不忍傷其自尊，只好一直用手帕掩面，才能呼吸。左旁的老妻奇怪的問道：「狀元媒是喜劇嘛！你為什麼也哭？」

看京戲，凡是唱得好，拉得好的地方，高聲叫好是允許的，這是百年來的習俗。但觀眾間不停的高聲談話，卻是在台北看京戲的一大特色，甚至有的人還對出場的演員評頭論腳。即使是最通俗的戲，也要推測劇情之發展，以表示自己是行家。你如果回頭看他們一眼以示勸阻，他們除了惡狠狠的瞪回外，講話並不中斷。中國人有膽小的美德，所以也從未聽過別的觀眾「噓」聲。

最令我不習慣的是，到快要熄燈或剛熄燈時，如果你的邊上有三五個空位，馬上就會有一個人（多半是女士）跑來，皮笑肉不笑的問道：「這裡有人嗎？」如果你的回答是沒有或不知道，只看她回手一招，黑暗中就見一群三、四人從後排起立，躬著腰身，急步前移。說時遲，那時快，他們的後面一排，也有三、五人霍地起立，躬著身，快步往他們的空位移。而再後一排也有人，作同樣的動作。好似風吹麥田，麥穗一波接一波的蠢動。不到五分鐘，遲到的觀眾到了，大家又開始，反著方向，做同樣的動作。好像麥田又吹了一次倒風。那些不貪小便宜，自始端坐不動的觀眾深受其擾，兩次快速的挺腰縮腿，以免腳尖被踩。但他們很少抱怨，大概也是習慣了吧。

在台北看京戲還有一個有趣的奇景，那就是中場休息時的男廁所。因為觀眾中五分之四是男性，而又上了年紀，當然許多都有些「老人頻尿症」。中場休息時，男廁所內自然擁擠不堪，幾無立錐之地。而現在的劇院都全面禁煙，但好像有不成文法規定，廁所是唯一的吸煙區。有的來用廁所之癮君子，事畢之後，乾脆留在裡面吞雲吐霧，搞得男廁所內烏煙臭氣兩相薰，幾乎無法呼吸。所以我抱定「一忍百忍」，「絕對不去」的態度。老妻常擔心道：「別為了看戲，憋出病來。」我就開玩笑的答道：「我不是說過，得看四郎探母，死而無憾嗎？生病算啥？」

原刊於《青年日報副刊》頁一五，中華民國八十七年四月二十四日
《中外雜誌（378）》第六十四卷二期頁一一五，一九九八年八月號

台北美容記

「生、老、病、死」是人生必經之路。一般而言，人過中年，身體上的毛病開始出現。四十之年坐久了會腰痛，五十之年稍為勞累，兩肩發酸，是所謂，四十腰、五十肩，這都是老的徵兆。到六十摸邊的年紀，更有重聽、老花眼、白內障等，影響視聽的毛病。真可謂不知不覺中，「垂老之年」忽焉而至。托天之福，我在已逾耳順之年，尚無嚴重的老態，除了滿頭白髮與滿面黑斑外，還算耳聰目明，腰腳也還健朗。

三、四年前，在中心診所做健康檢查時，皮膚科的一位大夫見我有許多老年斑，捧著我的臉，把逐漸增多增厚的黑斑仔細端詳，並不停的按壓。一邊說道：「你面部的黑色素在快速的集中，並且有擴散的趨勢。」我漫不經心，半開玩笑的答道：「如果擴散的很均勻的話，倒不一定是件壞事，那麼不久我就成了黑人了。如果去美國，還可享受一些政府的優待呢。」那位醫生還能欣賞我的幽默，微笑的答道：「大概不會那麼均勻吧！恐怕有一天你的臉會變成一個黑芝麻燒餅。」我尚未及作答，忽然他正色斂容的道：「像這樣隆起的老人斑，是色素過份集中，很有惡化成皮膚癌的可能。」醫生「癌」字一出口，病人那能不發抖？為之大驚失色，不知如何應對。這時，大夫又安慰道：「老先生，別作急。先觀察一段時間，如果繼續增多擴散，可用電療等方法，將之除去，也就一勞永逸了。」回家後與老妻商量，總覺得醫生之言，有些危言聳聽，心中餘悸雖存，但決定暫時不去理會，以觀後效。

前年附中高中同學聚會，遇到了以一支金針，打遍美國南部，為人解除疑難雜症的老友——「醫怪」陳樞。陳樞在阿拉巴馬州，曾為因遇刺而癱瘓的華勒士州長，金針治病，一舉成名。因他是綏遠省人，大家都戲呼他為「蒙古大夫。」不想這位以前滿面黑斑的蒙古大夫，忽然變成了一個白面書生，望之只有四十許焉，令人羨嫉不已。相談之下，馬上告之我的「面子問題」，並且至誠至懇的向他求取仙丹靈藥。蒙古大夫莞爾而笑道：「不必大驚小怪，人體內累積的黑色素，遇火即化。只要用一支廉價的電焊器，通電發熱後，在黑斑上點觸，就可把所有老年斑燒去。」他就是對著鏡子，自己慢慢燒去的，而且並不十分痛苦。只是要當心火候，否則就有凹入性的疤痕。面孔上的黑芝麻就變成了白麻皮。他雖然自告奮勇的願為我馬上效力，但我總覺得這方法太邪門了，只好敬謝不敏。

最近兩年，身體中的黑色素分佈更不平均。頭髮已由花白轉雪白，但臉上的老人斑卻是以加速度的擴散與增厚。因此，最近只得又往中心診所求診。皮膚科的一位廖大夫一見我面，單刀直入的說道：「你這斑斑點點太多了，應該燒掉，以免惡化。近年來，醫學技術進步，用雷射燒除最為可靠，不留痕跡。中心診所只有老舊的電療設備，已經落伍了。最好去找一家有雷射設備的醫院吧。」他不但仁心仁術的安慰我說，不是什麼大手術，不必過份擔心，更是恤老憐貧的讓我退號還錢。雖然我千恩萬謝的退了出來，心中卻不停的惦記著何去何從呀，不覺有些茫茫然。

不料不到一個星期，老妻在報紙上看到一則專文，報導新開於木柵的萬芳醫院皮膚科，有最新的雷射設備。並且由名醫蔡仁雨大夫，駐院治療，專為病人驅除斑痕肉瘤等皮膚表面之疾病。老妻喜出望外，也不問我可否，就先斬後奏的去該院之皮膚二科（一科幹啥，我也不知）掛號，約定次晨初診。據告知，我們是晨診第121號，應於早晨十一時到達，就不會久等。

萬芳醫院是一家較新的公設私營的醫院，建築與設備都算新穎，醫護人員也還有禮客氣，但是非常擁擠。醫院的大廳中真是人山人海，因為管理效率尚算中等以上，所以並不十分紊亂。

我平生最怕看醫生，更怕打針。如果沒有人陪伴，我是打死也不做這兩件事。所以雖明知初診時，不致馬上動刀動針，但老妻還是與我同行，給予精神支援。我們按時到達後，直赴二樓之皮膚二科。發現「皮膚二科」之招牌很小，另塊高懸的較大招牌卻寫著「美容中心」。我立即向老妻質疑道：「走錯了，應該是『皮膚癌症預防中心』才對吧。」老妻也愣了一下，忙查對牆上之名單，第一百二十一號的身份證字號確是我的，於是我們坐下來靜等。

坐定後，我才發現所有的候診病人，都是三十歲以下的年輕女士。她們衣著打扮極其時髦，並無絲毫病容。大家鶯鶯燕燕的坐成一排，互相傾訴臉上的雀斑、淚痣、疤痕等。我也隨聲處處察看，有的在我看來，還平添幾分缺陷美呢。這也讓我這個唯一的六十老翁，擠在這群鶯燕之中，有些坐立不安，並有幾分難堪。

更有趣的是，皮膚二科與泌尿科在同一大廳。因為新藥「威而鋼」正式通過尚不到一個月，泌尿科的病人，幾乎是清一色的五十歲以上的男士。大家也安靜的坐成一排，但是互不交談。這一則是男性本來話少，再則是因為他們的問題不屬表面性，總有些難於啟齒吧。鶴髮紅顏面對而坐，相映成趣。我就在想，「女人愛美，男人好強」這不也是人類的本性嗎？這也顯示了台灣近年經濟發展增速，國民所得提高，大家飽暖不匱，才會想到吸引異性吧。

在我們之後到達的候診人，都自然的用好奇的眼光瞪我一眼，好像在說，「老頭，你坐錯邊了吧，還不快向泌尿科歸隊。」既而看到我身旁的老妻，也就誤以為我是陪伴者，而不是病人。反倒略有所悟的看著老妻，好像在說：「這大歲數了，還來美容幹嗎？」

我們到達時，顯示燈亮在九十六號，我暗忖前面還有二十五個病人，恐怕至少要兩、三小時，才能輪到我吧。誰知約一小時後，就被叫號了。進入診斷室後，見到了大名鼎鼎的蔡仁雨大夫，原來是翩翩一青年。蔡大夫為人溫文爾雅，待人彬彬有禮。女病人見了第一眼必能產生信心，進而放心的把自己的容貌交在他的手上。我們入室後，他的目光自然而然的，投注在老妻臉上。我立即高聲申明：「我是病人。」蔡大夫立即轉而相我之面。並不問話，便知就裡。他說：「你需要做手術，只是太多了，太深了，一次恐怕做不完。」我就哀求般的解釋，因為下週要遠行，三個月內不能趕回，希望能愈早做愈好，而且一次完成。大夫邊點頭邊向執事的護士道：「好的好的，盡快安排這個病號。」這時並不容再問第二句話，擴音器已經唱出：「第一百二十二號請進。」我的初診也就完畢，前後一共一分鐘又十五秒。下樓時，老妻一邊嘮叨的說：「初診費雖只一百元，一早上能看上一百多病號，收入也可觀呀。」其實婦道人家有所不知也，國家健保局恐怕也還得付至少一百元呢。在批價時，電腦上已顯示出，我已獲准三天後做雷射治療。不禁暗慶，早訂妥的出國機票，不用延期了。

手術的那天，我掛的是下午第一號。我們雖然按時到達，還是等了一個多小時才輪到。先在蔡大夫的診療室做檢查與準備。蔡大夫見了我，只說了一句話：「你的情形簡單，不需要任何準備工作，直接去手術室等候好了。」我就趁坐在他書桌邊之片刻，飛快的掃瞄了那玻璃板下壓著的收費表。雖然收費因各種手術而異，大致而言，各種手術都收開機費二到三仟元，然後每一雷擊收費三十到六十元不等。看來有些像坐計程車，除啟程費外，還照公尺數收錢。好在求診者愛美心切，似乎沒有人在乎收費的高低。

在手術室外的等候室裡，倒也並不寂寞。幾位妙齡女郎掛號在我之後，已先在等著。她們也都衣著時髦，體態輕盈，面目姣好，頗似影劇界人士。但仔細看去，臉上都略有些雀斑、小疤痕等。我向她們中間一坐，心中原有的那絲緊張，不禁一時忘盡，反有「垂老入花叢」的快感，不免與大家一一點頭道安。忽的看到身旁的老妻，厲目凝視的瞪著，就趕快眼觀鼻，鼻觀心的正襟危坐，一言不發，好像徐庶進了曹營；反倒是老妻卻與小姐們交談了起來。大概女士們對人比較能觀察入微，由我的一臉黑斑，已判定我是「病人」。不禁有些同病相憐，惺惺相惜的問起，當然老妻是法定的代言人，一一為之作答。有位聰明的小姐更奉承的向老妻道：「瞧您的皮膚多好，一點皺紋、斑痕都沒有，我要是到您的年紀，還能保持的這樣姣好，我才不來這裡呢。」說實在話，老妻的面孔狀況遠不如她所言，但聽了這話，還是始則愕然，繼而欣然。

霎時間，也自覺夠格做美容顧問了。就從手袋中，將紐約買來的各種化妝品掏出，一瓶一罐的擺滿在茶几上，供大家抄寫品牌。同時也告訴她們，有些輕微的斑點用些粉底、面霜就可蓋過，何必大興干戈，受皮肉之苦？相互交談也使等候室之氣氛為之輕鬆下來。

交談之下，我發現女人確實比男人偉大。來此之前，我一直惦記著，用雷火燒面皮，那有臉部不痛之理？莫看我空有七尺魁梧之軀，最是怕痛，痛時常常會哇哇大叫。另一方面，自偷瞄了收費表後，更擔心費用過高，不免有心痛之虞。反觀這幾位女士，卻是既不怕臉痛，更不怕心痛，大有「怕痛莫愛美，愛美莫怕痛」的大無畏的精神。她們只談到斑痣除去後，有多美麗的遠景，受苦的過程並不在乎。看到我這糟老頭緊張得那副德性，反倒頻頻安慰我說：「如果黑斑除掉了，看去至少年輕二十多歲呢！」老妻忙代申辯道：「他要年輕幹嗎？他只是怕死罷了。中心診所的醫生說，他的老年斑太多太深，可能惡化成皮膚癌呀。」我聽了這話，也不置可否，苦笑可掬的坐在那裡，至於到底為啥，就只「天知」、「我知」了。

此時忽聽高唱我的名字，好似當頭棒喝，不覺有些失魂落魄似的，茫茫然獨自步入手術室。只見蔡大夫臉戴面罩，手持狀似手槍，也似電銲棒的雷射槍。兩位助手像王朝馬漢似的站兩旁。我立即有聽憑宰割的心理準備，馬上遵從命令，雙目緊閉，右臉向上側臥於病床上。大夫告之：「雷擊時會有少許灼痛，尤其是眼鼻附近之敏感部位，必須忍耐一下，更不可張眼。」答話猶未及，耳聽得吧噠一聲，蔡大夫勇敢的扣了第一下板機，我的右太陽穴上方，立即感到一些火灼般的刺痛，緊接著二槍、三槍，機器吧噠吧噠的響起，真有如「大珠小珠落玉盤」一般。我的右臉上的灼痛部位，急速擴大，舊痛未止，新痛又來，聖神之雷火終於燃遍了整個右臉。

此時口罩後的大夫說道：「你的黑斑太多了，這次可能做不完。」我一聞此言，只好忍痛在枕上哀求道：「拜託，拜託，我已經買好了去紐約的機票，後天出國，請務必幫忙一次做完吧。」大夫也甚同情的說，好罷，試試看吧。說時遲，那時快，他已將手中的雷射槍，轉撥成連續發射的機關槍。這時，吧噠吧噠的斷續聲，也變成了淒厲急速的噠噠聲，有如重機槍一般，我的面部也就不停的受擊。這時再也忍不住痛苦，不覺呻吟起來，「阿喲，阿喲」之聲，越叫越響，聲徹室外。事後老妻告訴我，候診室的漂亮女人，聞聲嚇得個個花容失色，由原先的有說有笑變成了一片慘然的寂靜。

大概又過了兩分鐘後，我開始聞到一些人皮燒焦的味道。但是痛得也顧不得是「人皮」還是「己皮」了，多少也料到大概是面無完膚了。就在這時，如蒙大赦的聽大夫說：「右邊好了，請轉過身，做左臉。」於是左邊臉部也如前法泡製，遭受同樣的痛苦。似乎人類有先天的賤性，被折磨久了，反而較能逆來順受。做左臉時，除了擊到眼下的部位，倒也可收拾起那痛苦的呻吟，拿出大男人應有的勇氣，輕輕的說道：「還能忍受，還能忍受。」以安慰執刑者。

手術完畢後，捧著一張痛麻了的臉，回到候診室，候診人全都倏然的起立，不約而同湧向前來仔細觀察，有的急切的問道：「痛不痛？能受得住嗎？」有的驚呼：「怎麼會流這麼多血？好可怕喲。」老妻也驚道：「怎麼搞成這個樣子？」扶我出來的護士忙代答道：「不會痛，不會痛，就像蚊子叮一樣，事後少許流血也是正常現象，我們馬上會為他搽藥，一週後完全恢復正常。」其實大家心知肚明，護士小姐在安慰她們，小姐們也就帶著懷疑與焦慮回到原位，鴉雀無聲的靜靜的坐著，此時我趁機對鏡一照，媽呀！令我憶起兒時看過的「戰後東京」的照片展，真是彈痕累累，滿目瘡痍！

護士搽藥後，老妻與我便向大家揮手道別，互祝珍重，好像多年的患難之交一般。這時，護士又再度出現，手握一堆表格，非常關心的道：「別忘了去批價領藥。」我們到批價處時，電腦已結算出來，總價是一萬三仟元。老妻顯然現款不夠，只好赧顏的問道，可否以信用卡支付，只見櫃檯小姐的笑臉上立即泛起難色。我忙趨前道：「別忙，我這裡一起湊湊看。」於是兩人當時傾囊相授，付清帳款後，只剩二百元現錢，正夠坐計程車回家！

在車上老妻笑道：「聽說大陸上的死囚要自付子彈費，你今天著實挨了幾百槍吧！」我忙接口道：「花錢買罪受，暫時不去講他。今晚有幾位政大的老友為我餞行，這等顏面如何見得江東父老。拜託你去替我買一頂最近在電視上常看到的『公娼帽』，給我戴了遮遮羞如何？」

原刊於《中外雜誌（391）》第六十六卷三期頁一二七，一九九九年九月號

轉載於《西風回聲》頁八六，爾雅出版社印行，二〇一〇年五月

《華美族藝文集刊》第六集，二〇一一年八月十五日

台北學畫記

——記李祖升老師國畫教學實況

國畫藝術家李祖升女士是我的啟蒙老師。我已隨她學了一年半的國畫。李老師教學多年，桃李滿天下。在她門下，我大概是最資淺的學生，並不夠資格談論老師的作品。但就年齡論，我恐怕是最年長的學生了。我是屬虎的，到今年整整過了一甲子，也就是耳順之年了，所以想在此報導一下，老師誨人不倦的精神。

我生來缺少藝術細胞，更不懂繪畫。過去卅多年，是靠著在紐約的一間大學教授經濟學來養家活口。最近因家庭的原故，每年的寒暑假一共有四個月在台北渡過。近年來台北變了許多，白天大家都忙著上班，做生意、賺錢。我一個老頭子待在家中甚為無聊，因此興了何不學習國畫之念頭，真可謂是「八十歲學吹鼓手」。

自一九九六年七月，經人介紹，我開始隨李老師學畫。第一次上課時，老師看見如此一個老學生，不覺十分詫異，並有些赧顏。更聽說是個國外回來的老華僑，就問了會不會用毛筆。學生當然據實以告，老師就說：「書畫一家，能寫毛筆字，學國畫就不難了。」於是備齊筆、墨、紙、硯及顏料等，即日開始學畫「梅、蘭、竹、菊」國畫中的四君子。

李老師教畫非常認真，有極高的敬業精神。她的教學方法是示範第一，也就是先畫給你看。上課時，她先告訴你，要教你畫什麼，然後徐徐下筆，口中朗朗述頌些要訣。譬如，畫蘭葉時要一筆釘頭鼠尾螳螂肚，二筆交鳳眼，三筆破象眼。畫竹葉時要孤一、併二、攢三、聚五。做學生的在旁，不但看懂了筆法之先後，也學得一些繪畫的要領。此外，老師也傳授些繪畫的絕竅。譬如，水墨如何調和，筆尖筆根如何著墨，中鋒側鋒有何不同，再者如山水畫中雲霞、河流、海浪等如何渲染等……。這些學問都不是光靠看芥子園畫譜，能無師自通的，必須有高人指津。老師示範之後，學生在家自己練習，依樣畫葫蘆的畫一、二張作為下次的功課。每到自己動筆時才知「知易行難」。初學時，能畫虎類犬就算佳作，但常常畫成個「四不像」，叫人哭笑不得。老師看了，總是耐心的安慰道，初學畫重在寫意與筆法，不求像形。稍微進步後，畫得雖差強人意，但敗筆常生。一筆誤下去，整張快完成的畫，也就瀕臨絕境。真叫人心驚手戰，不敢下筆。李老師最大功夫就是改畫。學生的作業繳後，老師先仔細觀察，然後予以簡單的評語。那裡筆法錯了，那裡濃淡不對，那裡遠近顛倒等。然後三兩筆就將之改正過來。而且常常是改得天衣無縫，一般凡夫俗子根本看不出，那張畫曾是傷痕累累的劣品。這也讓學生們嘆為觀止，因而信心大增，對於學習國畫更是鍥而不捨。

李老師上課時，不急不徐。對待學生溫和講理。有次因台北的應酬而耽誤了課業，上課前，很是著急。老妻在旁更幸災樂禍的道：「這回老學生，定要挨手板。」說罷，還到處找戒尺呢。老師來了，說不要緊，今天學畫別的就是了。便問會不會畫魚蝦？這麼輕輕一問也就帶過了學生的尷尬，同時又讓學生另學了畫錦鯉的竅門。老師諄諄善誘，溫和不厲也使學生，對國畫興趣大增。每次寒暑假返台，第一件事是先與老師聯絡，繼續學畫。

老學生歲月無多，經這年餘的用功勤練，個人作品頗多，雖是粗糙幼稚之作，但卻敝帚自珍。裱糊配框掛在家中，孤芳自賞。老妻笑謂「家中處處是塗鴉，那見半壁乾淨牆」。就連女兒的紐約新居，也是掛得琳瑯滿目。好在她的來往朋友，多是對中華文物，敬而不懂的年輕中外人士。大家看她站在畫前，為老爸吹噓得唾沫橫飛，根本不知就裡，只好在旁，點頭稱是，讚不絕口。

閒談中得知，李老師不但是一位畫家，還是一位十八般武藝，樣樣精通的藝術家。她的花卉、山水、油畫、水彩、甚至攝影、篆刻，都有極高的造詣。並且都參加過國內外比賽，得過無數大獎。每談及此，老師總是謙虛的說：「藝術是相輔相成的。近年來，中畫西畫早已融匯在一起了。」她更認識攝影對繪畫的重要性，認為攝影可使美景長留，不但有助畫家的記憶，更能幫助瞭解事物之真情實貌。我學畫荷花時，正值八月，經老師鼓勵，先去植物園，把荷花、荷蕊、荷苞、荷葉的各種姿態看個仔細，攝影留存。然後回來著筆繪畫，這就比以前所畫的要生動多了。

李老師的另一半——張家鉉先生，不但是銀行的高級官員，也是一個能文善寫的南通才子，散文作品極多。相談之下，才知張先生與我，不但同行，也是同年大學畢業，且同屬預官九期，相互的共同朋友很多。談起了當年事與人，有喜有愁，至為盡歡。就經濟本行言，我只懂書本上的理論。家鉉兄因早年任職經合會，現在任職交通銀行，所以對於台灣的經濟策略及金融業務，都有深刻的認識，而且更有透僻獨到的看法。所以常常小館餐敘，只是每恨餐短，悵然作別，因而我們也成了很好的朋友。我戲稱他們這對是名符其實的「半師半友」。我在台北時，這對良師益友使我獲益良多，寂寞大減。

原刊於《中外雜誌（三七七）》第六十四卷一期頁六八，一九八八年七月號

音樂與我

不知道是上帝造人，還是閻羅王讓人轉世投胎。無論是誰，他們送我到這個世界上來時，品質管理不周，忽略了檢查我的音樂細胞。我的音樂細胞太少，但我自有生以來，就酷愛音樂。我很小時，就隨姐姐們學習唱歌，但是我生來五音不全，嗓音沙啞，雖也學會許多歌，但唱來都不好聽。我曾很懊喪的告訴母親，自己的缺點，但母親並不以為意，只說男孩子不會唱歌，並不是缺點。其實，我母親的思想有相當的傳統性，她認為學校功課的重要性是按國、英、數、史、地、公來排列，然後是生物、物理、化學等而下之。至於音樂、美術、體育就毫無重要性可言了，及格就行，以免拉下了總平均。

我幼年時，生長在上海，當時的流行歌曲有「夜來香」、「夜上海」等。

我從小就對各曲的旋律都早就耳熟，但是並不了解曲詞。而且自己唱來不很好聽，所以只有一人獨處時，哼哼而已，很怕被別人聽到，吃人取笑。我進中學後，學校的音樂課，多半是教唱中外名歌、各國民謠或反共歌曲，於是我就選擇了專唱反共歌曲。因為唱這些歌曲時，只要求嗓門大，並不講究旋律的優美，和節拍的準確，諸如「反攻的時候到了！」、「反攻大陸去！」等等。直到現在，每逢打麻將，到快要輸脫底，翻本無望時，這些五、六十年前的歌曲，就會自然而然的回到喉間來。

我在初中時代，有次看了一場「瘦皮猴」法蘭克辛納屈的電影，其中有一景，是一個夏天的月夜，明月當頭，晚風拂面。男主角背了吉他，站在一棟西班牙式建築的二樓窗下，一邊彈琴，一邊高歌，琴音優雅，歌聲嘹亮。不久二樓窗開，探頭出來一個絕色的妙齡女郎，明眸皓齒，黑髮垂肩，彎身拋下一支鮮紅的玫瑰來。我當時雖只十三、四歲，但很受啟發，馬上領悟到，愛情與音樂，息息相連，分不開的。將來要想博得異性朋友的青睞，能彈能唱是有絕對的幫助。因為自知歌喉不濟，就很想學一樣樂器來遮蓋一下。

那個時代樂器是富貴人家的專利品，一般人家根本買不起。我雖然很想有一把吉他，但那只是夢想而已。一直到我高中時，班上有一位高姓的同學，是口琴的行家，擬組織口琴社。我就以參加「課外活動」為由，提出買支口琴的要求。母親的第一反應當然是否決；第一是浪費時間，妨害正經功課，第二是吹琴傷肺，第三是琴聲吵人。經我再三要求，並答應了各種條件，諸如只有週末才吹，不在室內練習，吹琴絕不用力、不高聲等等。母親拗我不過，終於讓我買了一支口琴。這就是我一生中擁有的第一件樂器，當然引起了我對音樂的興趣。

口琴買回後一試，不覺傻了眼。原來音孔的排列並不規則，吹吸也有不同，絕對無法無師自通。向口琴店打聽，才知如果參加學習班，學費比口琴價更高。幸好高同學自告奮勇的教了我最基本的起步，以後就全靠自學。直到今天，我的口琴雖吹得蠻嫻熟的，但是行家一聽，就說：「沒練過基本功吧！」所以很難更上一層樓。學會一樣樂器，還是有很多的好處，當自己遇到情緒上的低潮、或有煩惱苦悶時，就可拿出攜帶方便的口琴，吹奏一番，一消胸中塊壘，發洩心頭怨氣。當然對我而言，口琴最大的缺點，就是不能「自吹自唱」；即使演奏得再好，也不能為自己伴奏，掩蓋一下我那可怕的歌聲。

我於大學畢業後，就出國求學。因為所習是文科，非常吃力。打工唸書外，哪有時間玩弄樂器？連口琴也只好擺在一邊。有一次，電視上播出，當時的總統尼克森先生，一邊彈鋼琴，一邊高聲唱歌。雖然他的琴藝平平，歌聲也不怎樣，但是他洋洋得意的說，這是最能使他恢復疲勞，忘卻憂慮的方法；我看了心中也有很深刻的共鳴。

我們這代華人在異國打拼，都生活忙碌，極少人能維持藝術的修養。我在美國的大學裡當教習，更是辛苦，而且沒有法定退休年齡，真是「到死方休」。但我到年將「耳順」時，就倦勤了，準備提前退休，留下些時間過自己想過的生活。這時就有朋友勸我說，退休就是「苦悶」、「等死」，終日無所事事，無聊至極。所以我就覺得，退休前應有充分的準備，培養出些優良嗜好，自娛晚年。而且這些嗜好最好有獨立性，才不會因「搭子」缺席，而無法進行。這時「瘦皮猴」、「尼克森」的自彈自唱的模樣，又浮現在我眼前。這就更想到了，為什麼不在退休後，再從頭開始，發展出一些音樂方面的嗜好呢？

中國的「四藝」之首是「琴」。我自幼就喜歡中國的國樂，尤其對胡琴非常嚮往。就在我快六十歲的那年，正值學校的年休，我來台北的中央大學任教，就趁便開始投師學藝—學拉胡琴。我的老師是一位年輕的女士鄭玉琴老師，琴藝高超。她除了開班授徒外，也在各大學指導國樂隊。我雖是個別上課，但等候時，也和其他的學生坐在一起。其他學生都是學童，最大的也不過十歲左右，所以等候室裡，都是幼稚園的小板凳。我與其他小朋友一樣，都抱著琴盒坐在板凳上等候。小朋友們稱我「爺爺」，我叫他們「同學」，也有好奇的小朋友，悄悄的問陪來的母親，這個老爺爺來幹嗎？我就搶著回答說，和你一樣，來學胡琴！因為像你這麼小的時候，不肯用功，沒學會；現在後悔了，再來補學。那個母親聽了，點著頭和我交換了一個會心的微笑。

不久，在台北的國家劇院，看了一場京劇「四郎探母」；這是我有生以來，第一次看京戲，我當時就像觸了電一樣，如醉如癡的著了迷。馬上就決定要學唱京戲，並以之為退休後的主要嗜好。後來跟著唱片，無師自通的也學了一、兩段唱腔。行家聽後，都覺得雖有大嗓門，但音色不佳，咬字不準，「板眼」不對，不敢恭維，並不鼓勵我唱京戲。京戲中所謂的「板眼」，也就是音樂中的節奏與拍子。他們說，你這樣荒腔走板的唱，再好的琴師也不能為你操琴伴唱。我聽了雖然有些懊喪，但當時對京戲興趣正濃，並不因此氣餒，反覺得既然沒人願意為我操琴，那我學會拉琴後，「自拉自唱」總可以吧。手和嘴總是一致的，必能合作，一般人就聽不出錯在那裏了。

我於是向鄭老師提出，希望能學些京戲的段子。那知她聽了，卻有些發愣，就怔怔的說：「你學錯琴了。」原來胡琴雖然都是兩根絃，都可稱為「二胡」，但有許多不同的種類。鄭老師教的，也是國樂中用的叫「南胡」，琴身最長，琴音低沉，音律俱全，可以獨奏。而京戲中用的是「京胡」，琴身最短，只有一英尺半，琴聲最為高亢，專為伴唱之用。鄭老師說，一般而言，京胡比較難學。所以我只好黯然的去另求名師。

我的京胡啟蒙老師是劉東鎮先生，在台北也算頗有名氣，當時他與名武旦姜竹華搭檔教京戲。我在台北時，就把他們兩位都請來家中，學琴學戲。很快就發現劉老師完全是舊派琴師，並不認得琴譜，連簡譜也不認得。他的教法完全是口傳心授，死記死背。像我這把年紀的學生，當然無法接受，只好再次拜別師門。

學校休假完畢後，懊喪的回到紐約來，與愛好京戲的朋友談及。他們就介紹了，由大陸來美的名琴師劉震國先生來教我拉琴。劉老師在紐約極具盛名，自己成立了「震國劇坊」，並曾在林肯中心表演。但他因太忙，每兩、三星期才來一次，所以我學習進度很慢，談不上登堂入室，只是學會了京戲中最簡單的兩種曲調，「西皮」與「二黃」而已。那時我每年都有四、五個月的時間必須去台北。為了不中斷學習，我就請了「復興劇團」的當家琴師李超老師，每週來家教琴。說起李超先生也是響噹噹的人物，他原是北京中國京劇院的一級琴師，專給名旦杜近芳伴琴，後來被復興劇團禮聘來台，成了台柱。

剛開始時，三位名師都說過，學胡琴應先練半年的基本功—拉空絃。一直到右手臂拉出力後，才拉音律，就是Do、Ra、Mi、Fa……。我心中不禁暗忖著，這樣學的話，以我這把年紀，那到七十歲也拉不了幾段戲。所以就要求跳過基本功，單刀直入，直接學「二黃原板」，原板的拍子是「蓬拆、蓬拆」和交際舞中的慢四步一樣，簡單易學。因為老師們都比我年輕許多，不好意思拒絕我的要求，也就只好勉為其難了。後來老師們才告訴我，沒有練基本功是我學藝不精的主要原因之一。

雖有名師，卻沒出高徒。一則，我生來就有音樂細胞不足的問題；再則，我尚未退休，空閒時間不多，練習不勤；三則，自己年紀大了，記憶衰退，無法記譜。開始學習後，才知道京胡確實難學；一共只有兩根不到九寸的絃。稍微按錯就走了音。而西皮與二黃的音階位置完全不同，不容易掌握。加上弓法也有滑、頓、抖、顫等多種，按絃也有打、挑、撥、揉等的分別。初學時，琴聲有如鋸木，人人聽了都會掩耳而逃。學了許久後，才開始學京戲中最基本的一折，也就是「洪洋洞」的第一段。

這一段拉了幾乎半年，還是斷斷續續，吞吞吐吐，好像重結巴子，打電話報火警一樣。而且在紐約拉不好，在台北也拉不好，兩位老師都無可奈何的下了同樣的「診斷」。他們說，我拉不好琴，是因為我不會唱。不會唱，就不會拉；要學拉，就非先學唱不可。我只好謙虛地表示，自己的嗓音很差，不適宜於唱。他們都安慰我說，拉琴人的嗓子不好沒關係，只要節奏準、旋律對就行了。但是對一個京戲的外行來說，節奏準、旋律對並不容易啊。我雖每天都練著唱，唱到老妻幾乎要神經分裂，還是不得要領。當我到紐約的票房，在內行和票友面前唱時，大家雖也敷衍性的拍拍手，但叫好的人不多。只對我的「勇氣」略表鼓勵，連第一次聽我唱的人都說，「有進步，有進步」。

一直到兩年前我退休後，時間多了，心境也比較輕鬆。每天練習拉琴的時間雖多了，但學胡琴還是牛步，這就是我缺少音樂細胞的鐵證。到如今，一共能拉全的還不到十折。獨自一人練習時，雖然琴聲的音色不佳，音量不洪，但自己聽來，倒是覺得有些「像」了，也不免怡然自得一番。只是到了票房就糟了，最大的不同是，票房有全套的樂器，叫做文武場。除了京胡、二胡、月琴、三絃子等絃樂器外，還有鼓和大、小鑼等打擊樂器。在票房中，所有的樂器都是由行家來操作，旋律和板眼都是一致，大家互相襯托。我拉京胡與他們一起伴唱時，稍有跟不上或旋律不合，就只有停下來。胡琴一停，唱戲的人就唱不下去，只好也停下來。沒人唱了，其他樂器也只好跟著停下來。在那萬籟俱寂的一剎那後，接著就爆出一場哄堂的笑聲，叫人難堪得想鑽地洞了。

自從退休以來，雖然我的音樂細胞並沒有增多，但是口琴與胡琴，這兩樣樂器卻給我的生活平添了許多的樂趣，減少了許多的煩悶與寂寞。有時獨處，我可用口琴奏出些當年熟悉的歌曲如杜鵑花、慈母心，甚至寂寞的七日（Seven Lonely Days）等。這時一邊吹琴，一邊閉上眼睛，兒時嬉戲的情景，少年飄蕩的行徑，以及母親慈祥的臉龐，就會一幕幕的隨著琴聲，從我眼前掠過。那種甜蜜的滋味，不是一般年輕人能意會到的。上帝帶給老年人的最大恩賜，就是回憶的樂趣；而音樂卻是喚起回憶的催化劑，也是享受回憶的興奮劑。當一個老人能沉浸在音樂中，回憶過去美麗的人生，那就是他一生中最幸福的時刻了。

現在每天我也拉拉胡琴，一則琴技尚待練習；再則，也可減少許多的寂寞和孤單。興緻起時，還可以放開了喉嚨，拉高了嗓門，跟著琴聲高唱幾句。唱腔雖仍不高明，但自拉自唱，自己倒也覺得舒暢。這時城市的喧囂，鄰居的嘈雜，和老妻的嘮叨，都可充耳不聞的聽不見了。當年瘦皮猴、尼克森自彈自唱的得意模樣，也會再次的出現。這時我不但不再羨慕他們，反能有一絲「夙願已償」的慰藉。又因為許多退休的人，都選擇了京戲為退休後的嗜好，紐約的票友活動也很頻繁。我因為既唱也拉，雖然兩者都不靈光，但也可躋身於票房之中，望之儼然是一個「會家」一般，與大家談笑周旋，誰也看不出只是一個充數的「濫竽」而已。

到這時，我才深深的領悟到音樂對人生的重要，音樂之聲（Sound of Music）充徹了人間。凡人，不論音樂細胞的多寡，不論對音樂領悟的程度，都可以說是音樂的動物。音樂能陶冶年輕人的性情與素質，也能降低中年人的煩惱與壓力，更能驅除老年人的空虛與寂傷。

原刊於《西風回聲》頁九五爾雅出版社印行，二〇一〇年五月

評「三娘教子」

我六十歲以前對京劇一竅不通，但是喜歡打麻將。別人告訴我，在麻將場合，如果是已有三位女士，而缺少一人時。千萬別坐下，因為這叫「三娘教子」，不但被討了便宜，還一定會輸錢。這是我第一次聽到「三娘教子」的名詞，對之並無好感。到我六十歲以後，突然迷上了京戲，曾看了一場「三娘教子」。這才知道，原來是一齣很動人的京戲，與麻將根本無關。

這次紐約梨園社公演，「三娘教子」是第二天的重頭戲。因為觀眾中，有不少的洋人，該社負責人虞文輝先生，請我將此戲的對白和唱詞，譯成英文，做成字幕。因此，我把「大戲考」找來，仔細的先看了一遍。因為做了適量的準備工作，看這齣戲時，就理解與欣賞的程度上，也就大有提升。

這次公演的「三娘教子」，並不是全本，而是最精采的一折。戲台上一共只有三人，三娘與兒子薛倚，及老家人薛保。三娘由遲小秋女士演出。她本是天生麗質，雖是素裝淡抹，看來樸實無華，但卻不能遮其美豔哀傷之色。在織機前，舉手投足，做工精湛，動作逼真，好似真能織出布來。倚哥由王曉豔女士反串，她原是荀派花旦，擅演紅娘。她飾倚哥，演來頑皮活潑，就像一個受寵而嬌的七、八歲小孩一樣。更了不起的是扮老薛保的，馬派鬚生朱強，先天就有好扮相、好身段。雖然年紀輕輕，卻能從言語動作上，把老人扮得維妙維肖。觀眾都猜他應該是個六、七十歲的老演員呢。

「三娘教子」的故事也非常感人，是說一個中上等的人家，男主人在外經商暴亡。家中三位夫人聞訊後，大、二兩位夫人，都改嫁了，還留下一名襁褓男嬰，名叫倚哥。唯有第三位夫人，矢志守節，立志孀居。六、七年來，帶了一名老家人，茹苦含辛，織布為生，撫養先夫之子。一日，倚哥放學歸來，言語觸犯三娘，三娘傷心欲絕。老家人耐心規勸，倚哥乃向三娘，跪地求恕，得到三娘的原諒，一家三口和好如初。

這齣戲一共只有三人，連龍套都沒有。所以每人的演出都非常吃重，做工與唱腔都到了爐火純青，登峰造極的境地。遲小秋開場的幾句引子唸白，字正腔圓，顯出了深厚的功力。整劇都用低沉的程派唱腔，唱出了三娘的幽怨、失望與哀傷。觀眾聽了，都覺得心中有慼慼焉。而無論在唱腔、道白和做工上，她都能把所該表演的悲歡哀樂，與之揉合在一起。觀眾心中的感受，哪能不隨其抑揚頓挫的唱腔而起伏？

朱強先生更是把家人老薛保演活了。他雖是彎腰駝背，台步卻十分穩健。而那一付眼神中，就充滿了對主母的尊敬，與對幼主的寵愛。加上悽愴幽美的唱腔和純熟的做工，更將這一份感情表現無餘。當他為倚哥向三娘跪地求饒時，用一段低沉的二黃原板，詡詡唱出，「望三娘念老東人，下世早，只留下這一根苗。」聽到這時，我覺得有些鼻酸眼漲，熱淚不覺掉了下來。而身旁的老妻，也在頻頻拭淚。再環視四周，許多人也正在擦眼鏡，找紙巾。朱強先生的這段演出確實是能賺人眼淚。

其實這次公演最突出的是文武場，也就是京戲的樂隊。這次文武場共有十二種不同的樂器，由「天下第一京胡」燕守平先生領導。燕先生的琴藝登峰造極，操琴出神入化。左手按弦，右手拉弓，時而快如飛梭，時而緩如刺繡。有推有收，忽拉忽抖。但琴音卻總是平穩流暢。有陽剛有陰柔，高山流水般的伴著唱腔忽前忽後。有時將唱腔帶起，有時將唱腔托住。真可謂「人間仙樂幾回聞」。聽眾在如此美妙的弦律之中，也就不知不覺的沉浸在整個的演出裡。一直到終場的嗩吶響起，爆起的掌聲，才將那些如醉如癡的觀眾，喚回現實的世界。

酒經

我有許多學工程的朋友，也有許多學經濟的朋友，當他們聚在一起時，總喜歡互相擡槓。學工程的說，人類最重要的發明是「輪子」，我們日常生活中的用具，那一樣不用輪子？小到鐘錶裡的齒輪，大到倫敦的「倫敦眼（London Eye）」。學經濟的就會辯駁的說，人類最重要的發明是「貨幣」。人類的生活能夠進步，完全依賴交易，而交易的必需媒介是貨幣。當他們爭執不休而請教於我時，我莞爾而笑的說，你們都錯了，人類最重要的發明是「酒」。與「輪子」和「貨幣」一樣，世界上的各種文化，不論是埃及、印度、兩河、或黃河，都獨立的發明了「酒」。中國如果沒有酒，就沒有李太白、蘇東坡那些文人騷客，哪能吟詩著文，發揚文化？如果沒有酒，就沒有項羽、樊噲等英雄武將，哪能攻城略地，開疆闢土？沒有中華文化和中華疆土，那來中國？

我從小就生長於外祖父家，外家就是以詩酒聞名。從小對酒就是耳濡目染，非常嚮往。我的舅舅們，個個酷愛酒，人人能豪飲。逢年過節，家庭聚會時，飲酒可把氣氛炒得很高，大家興奮。但也常因有人醉酒失態，樂極生悲。我的母親也愛酒、也能飲，但極厭惡酒醉生悲。所以自己以身作則，絕對不飲，當然更不許自己的兒女近酒。因此，我們從小都把酒當作虎豹豺狼，畏而遠之。

我的少、青年時代在台灣度過，那時台灣的經濟尚未起飛，政府收入仰賴煙酒公賣，所以酒價偏昂。年輕人相聚，吃不起酒，學生之間鮮聞有酗酒滋事者。軍中服役時，每逢慶典，偶備有酒，大多劣品，聞之辣而不香，飲之澀而不純。偶而多飲，頭昏腦脹，腹痛如絞。所以很少的人，在當兵時學會喝酒。這與其他各國的「軍中」，大不相同。

我初到美國時，一貧如洗，無錢吃飯，那能喝酒？在百老匯上散步，只見酒店櫥窗，陳列洋酒，琳瑯滿目。雖不會飲，但也不覺得，它們是虎豹豺狼，反覺得見之生愛。就像隨師入城的小和尚，第一次見到女人一樣，頗有一親芳澤之想。我首次賺錢後，就忍不住買了一小瓶色澤鮮明，望而欲飲的「螺絲起（Screw Driver）」，因為口感與橘橙汁一般，不覺厲害，一昂而盡，竟倒在地上睡了一宿。

畢業後，我找到的第一份正式工作就在香禮酒廠（Schenley Industries），當時是全美第二大的製酒公司，僅次於希冠酒廠（Seagram Industries）。會喝兩杯的長者，大概都記得當年的「香禮精品（Schenley Reserve）」是與「希冠第七（Seagram7）」齊名的威斯忌酒。美國在一九三〇年代的禁酒時期，訂有聯邦法律，規定凡在釀酒公司工作的人，從總經理到小職員，都必須將指印報存聯邦調查局（FBI）。到一九六〇年代，美國的年輕人都不願打指印，我才得到這份工作。我雖是外國人，當然也不能例外，也得去打手印。

上班後不久，發現一到下午四點，許多較年輕的人都不見了。一經打聽才知道，原來在公司的二樓，每天有個二十分鐘的「品酒會」，目的是讓員工來評定自己的產品。參加的每個員工都品嘗兩種不具名而相類似的酒，一種是本公司的產品，另一種是對手的產品，每種約大半盎司，品嘗後要填一張簡單的問卷。當然也有些乾薯片、廉價果仁、小餅乾等讓你過酒。年輕的男女員工也就乘機去聊聊天，互相吃吃豆腐。經我提出要求參加後，我的老闆就拿起電話，安排我第二天就去。誰知次日四點半，我由品酒會回來時，竟因不勝酒力，趴在桌上就睡着了。老板看了我一眼，又拿起了電話，我就再也沒去過了。在我個人的喝酒史上，這是最蒙羞的一頁。直到今天，任何一個和我一起喝過酒的朋友，都不會相信，不到兩盎司的酒，可以把我放倒。

我在這家酒公司前後工作了九個月，雖然只去過「品酒會」一次，但是還是增加了不少有關酒的常識。諸如酒的種類，酒瓶容量，酒的味道，何謂烈酒，什麼時候該吃什麼酒，以及各州如何行銷，如何課稅等等。這些「酒經」當然觸發了我對酒的興趣，加上我有先天遺傳性的酒量，很快我就變成了一個愛酒又能豪飲的酒客。到今天，有人叫我「酒仙」，也有人叫我「酒鬼」；而我自己也承認，確是一「酒徒」罷了。

但總的來說，酒對我的一生是利多於弊，因為在一般情形下，我都能自我節制，做到「愛酒不狂飲，飲後不多言」。我喜歡「以酒會友」，既喜歡兩三知己，相聚小酌，臧否天下英雄，品評人間事物。也喜歡大型酒會，與眾同樂，可以遇到不少「性情中人」，交到許多新的朋友。而我也喜歡獨酌，當我做研究或寫作時，酒確實常給我快速的靈感和啟發；當我需要休息時，酒也能給我極度的寧靜與鬆馳。當然我絕不能利用酒來做什麼壞事，因為聯邦調查局，老早就有了我的指紋記錄了。

唐代大詩人李白有詩曰：「天若不愛酒，酒星不在天，地若不愛酒，地應無酒泉，天地既愛酒，愛酒何愧天？」我到了七老八十之年，才深深的領悟到了，只有被上帝特別眷顧的人，才會喝酒，才能達到那種人生至樂的境界，我稱之為「人生至樂點（The Bliss Point of Life）」。到了那個境界，酒就能帶給你思想上的敏捷，精神上的高潮，身體上的興奮。那是一個「飄飄欲仙」的境界；但是那個美好的境界一瞬即過，並不久留。你如不善加利用，好好把握，為了貪杯，讓那一瞬溜過。那剩下的就是精神上的痛苦，猖狂失態，借酒裝瘋；和身體上的痛苦，頭昏腦脹，上吐下瀉；別人見了也只會叫你一聲「酒鬼」。如果你能把握住那美好的一剎那，把握住那個捷思和高潮，將之轉化成靈感與動力，做出一番轟轟烈烈的事，或寫出洋洋灑灑的文，別人見了就會誇你一聲「酒仙」。酒鬼與酒仙之差，不就在那一剎那之間麼？

當然，在選擇當「酒仙」和「酒鬼」之前，先要做一個好的酒徒。要做一個好的酒徒必須具備下列的五大條件：

「酒興」就是吃了酒以後的興奮。有一小部分的人完全與酒無緣，喝了酒之後，毫無興奮可言，只是想睡覺而已。酒對他們也只有「安眠」的作用，他們就不應該在大庭廣眾前飲酒。即使是睡前，為安眠而小酌，也切忌飲用好酒，以免糟蹋，安眠藥不是便宜多了麼？

「酒量」是因人而異的，有人千杯不醉，也有人稍飲即倒。酒量來自先天的遺傳和後天的訓練。常言說得好，「量小非君子」。酒量之大小，自己最為清楚。如果你的酒量不濟，就請在家獨飲。如果你是「有興無量」，喜歡與朋友相聚同飲，但只愛氣氛不擅飲酒。那就要自己當心，與人對杯時，躲閃為主，碰唇即止，切莫過量，更莫睡着，才不會大煞風景。

「酒膽」是個敢與不敢的問題，和酒量無關。但飲者之中，「有量無膽」者寡，「有膽無量」者眾。前者多是初出道的毛頭，最多只是自己不能一盡酒興，並且遭人嘲笑罷了。後者就會鬧出事來，小則借酒發洩，大則酗酒滋事，甚至被捉將官裡去了。當然如果能「有膽有量」的話，那就最好，可像景陽崗的武松一般，打死一隻活生生的老虎。

「酒品」當然是指酒後的言行。酒品不佳者，多是「有興有膽卻無量」的飲君子。這一類的飲者，小醉時嘰哩呱啦，亂發牢騷；大醉時到處嘔吐，甚至拍桌動怒，拳打腳踢。所以他們喝酒時，最要當心，隨時檢點言行，才不致誤了正事，留下笑柄。尤其是同飲者中，如有豪量高手，更要特別注意謹言慎行，以免隕越，遺羞四方。

「酒德」，這一條件只屬於能豪飲之人。大家同飲時，不勝酒力者，必先達高潮，開始高談闊論，然言多必失，或是批判了他人，或是洩露了機密。次晨酒醒，依稀猶記，悔之無及，恐之至極，急電話詢問昨夜同飲之未醉人。不料對方說，全不記得了；而且發誓，即使記得，也決不為外人道也。這位同飲者，就是真正有德的君子。凡對他人之酒後亂言，能做到守口如瓶的人，謂之有「酒德」。

如果上面的五個條件都具備，就是一個好的酒徒。如果再加磨練，將以上「五條件」發揚到淋漓盡致，爐火純青的地步，再加上能善用飲酒發生的作用，那就夠資格被稱為「酒仙」了。我到了退休以後，年邁體弱，健康大不如前，與人同飲時，常有力不從心之感，不敢再逞當年之勇。因此，更進一步的領悟到，要做一個酒徒，必須有健康的身體。沒有健康，哪能喝酒？所以，我們可以說，「健康」是「酒仙」的「必備條件」，其他的五個條件的發揚光大，卻是「酒仙」的「充分條件」。

原刊於《中外雜誌（500）》第八十四卷四期頁一二一，二〇〇八年十月號

失落與悲情的一代

——王鼎鈞先生的「左心房漩渦」[1]讀後感想

有人說，我們這一代，抗戰前後出生，而現在生活在美國的中國人，是悲情的中國人，是失落的一代。這一代人，生在中國，長在台灣，一生奮鬥在海外，垂老何處是歸鄉？確實如此，我們幼年飽經戰火，青年熬盡貧乏。壯年以後，又在異邦職場，兢兢業業，勤勞辛苦，以致筋疲力竭。老年來臨後，卻不知道那裡才是歸宿。這聽來不就是一個失落人的悲情故事麼？

回顧我們的幼年，在我們還來不及瞭解週遭的環境時，就匆匆的離開了那個出生的地方。我們雖然知道那裡有壯麗的山河，和富饒的物產，但是那都是

[1] 王鼎鈞，左心房漩渦，頁一至二五九，爾雅出版社，台北，台灣，一九九八

由書本上讀來的，印象並不深刻。我們並不瞭解那裡的民情風俗，也沒有遊歷過那裡的名山秀水，更沒有感受過那裡的人間溫暖和關懷。在離別三十多年後，我們大多都曾回去「尋根」。而我們尋到的卻是陌生、貧窮和不可思議的動亂，所帶來的創傷。我們驚嘆江山是如此多嬌，人民卻這般貧困。我們像離別多年，遠方歸來的遊子，頓時看到了貧窮落難的母親，心中豈能不愴然？每人的內心都在吶喊：「母親啊！孩兒能做些什麼，讓您早日脫離如此的苦海！」人溺己溺是人的本性，更何況那是自己的同胞？於是我們互相間，產生了一種各盡己力的愛國之熱忱。此後，有人去傳經授道，有人去投資建設，有人去關愛捐金，大家穿梭奔馳，默默的奉獻。卅餘年來，這片大好山河終於恢復了原來的壯麗，這裡的人民終於挺起了胸膛。只是我們這一群悲情失落的人，也漸漸的踏入了遲暮之年。由於制度的不同，生活的落差，很少很少的人，會以中國大陸為最後的依歸。

對中國人而言，一九四九年是烽火遍地的一年。我們這一代悲情失落的人，也為「避秦」而來到了台灣。初到時，就發現台灣，民風淳樸，社會祥和，更有良田美池，儼然屋舍，綠油油的一片稻田圍繞著市區，真是一個世外桃源。但是當局者基於矛盾心理，並不允許來避難的百姓，在此作久留的打算，禁止他們購置地產或學習方言。令他們有「欲親斯土而不得，欲親斯人而不能」的無力感。同時，也不許他們思念故鄉，因而禁唱了「四郎探母」和「松花江上」。所以，當時我們在台灣都覺得只是「過客」而已，這種無可奈何的狀況，也使大家要遠走他邦。所幸在這裡，我們受到了當時最好的教育，打下了深厚的學術基礎，使我們後來順利的在學業上、事業上，都能更上一層樓。只是多年後，我們再回台灣時，發現台灣漸漸的變了，昔日的淳樸變成了驕奢和浮華，昔日的祥和變成了暴力與戾氣，而那片綠油油的稻田，也變成了參差不齊的樓房，阻塞了交通，汙染了空氣。對不懂方言，異地歸來的遊子，不但沒有「競引還家」，還有幾分鄙視和敵意。最近政黨的惡鬥，更撕裂了族群的融洽，以致黑白不分，貪腐四起。更讓我們有「此土非我土，此鄉非我鄉」的感受，更遑論在此頤養天年了。

美國是世界上最能包容異己的國家，我們這些悲情又失落的一群，或為學業，或為工作，或為下一代，最後都來到了這裡。在此成了家、立了業，到今天也都已兒孫繞膝了。我到美國以後，就一直留在紐約。紐約是最大的國際城市，沒有一個族群是多數，所以沒有種族歧視，大家公平競爭。對一個工作者而說，同樣一份工作，這裡可以賺到最高的薪水，較國內高出多倍。何況工作的環境，生活的條件，也都遠勝於國內。在這種情形下，當然貿然回國的人，必被別人嘆息。然而中西文化究竟有別，人際關係也很不同。中國人願意、又能夠完全溶入西方社會的不多，所以第一代的中國移民，很少會和異族通婚。我們可說是「海外孤鳥」或「失群單雁」，但絕不是一群「樂不思蜀」的阿斗。到了我們退休前後，工作已不再是首要的考慮。這時就會想到，我們告老還鄉時，應該「還」到那裡？我們夢裡思鄉時，所「思」的是什麼地方？難道我們真與當年「有甲可解，無田可歸」的老榮民一樣？

王鼎公老夫子在他的書中，大概是這麼說的：「大陸是回不去的家，台灣是驚醒了的夢，美國是打不勝的戰場，何處是我們的歸宿？」聽來令人不勝唏噓，其實，這也是一句刻骨銘心的實話。

原刊於《慶祝中華民國建國一百年特刊》頁三六，
二〇一一年十二月，紐約皇后區僑學界印行

半紀袍澤情

——記述一個預備軍官與常備士官間五十年來的交往

憲兵在國軍中是一支很特別的兵種。憲兵設立之初，主要的目的是保衛領袖的安全，維護政權的安定。當年憲兵自豪是領袖的「鐵衛隊」，最講究對領袖的效忠。所以憲兵的挑選，除體能體力外，最重要的是忠貞。忠貞是不容易衡量的，唯有靠調查與口試。所以當年憲兵預備軍官的挑選，也是由考選而來，不參加抽籤。又因為當時是戡亂戒嚴時期，憲兵既是軍法警察也是司法警察，故憲兵軍官的訓練較長較苦，所以報考的人數向來不多。

自一九五八年的八二三炮戰後，金門的戰地勤務，極為繁重。憲兵的預備軍官，因經驗不足，在戰地服役都有困難。所以憲兵司令部決定，不派預官去外島。到我們這年（一九六〇）報考憲兵的人就多了，我也報了名。我雖非黨員，父母又早亡，但被認為忠貞可靠。就這樣，我就成了第九期的憲兵預官。

我們在憲兵學校一共受訓了五個月。因為是軍官養成訓練，課程中體能的課逐漸減少，除了刺槍與擒拿等技術性的特種學科外，主要是刑事法、軍法、鎮壓暴動、交通管制、戰俘處理等勤務性的課程。到快結訓時，大家最關心的就是我們的分發，看分發到那個單位，服一年的兵役。

當時的憲兵分為兩種：「軍中憲兵」與「地區憲兵」。軍中憲兵分配到各軍事單位，比如陸軍的各個軍、師都有憲兵連。如果分發到該連，就必須去各軍、師部的所在地，不一定在城市。但軍中憲兵工作輕鬆，以站衛兵、查軍紀為主。預官工作清閒，可常請假省親。如果分到地區憲兵，就是各城市的憲兵隊，功能是維持地方秩序與治安，與地方警察相同。因為是戡亂戒嚴時期，憲兵的地位好像還高於警察，如內亂外患罪及重大刑案，都由憲兵處理。所以地區憲兵勤務比較繁重。當然最繁重的就是台北市。

分發揭曉時，行政官來告訴我，我被分到台北市南區憲兵隊的第二連任副排長。憲兵因工作複雜，排長的責任很重，所以一律是中尉編制，並增設少尉副排長為之襄佐。行政官並恭喜我說，這是最好的單位，既在台北又很空閒。

原來南區憲兵隊是一個營（約三百餘人）的兵力，這是全國最忙的單位。第二連官兵雖有一百廿多人，但都分駐各地，連部只有十來人。

報到後，我的任務是與另一位排長陳燿庭，隔週輪流擔任連部值星官。陳排長是廣東人，非常的熱心助人，任勞任怨，為大家所愛戴。只是「好景不常」，不到一個月，第二連奉命與第三連「勤務對換」。第二連變成「隨營連」，隨營部駐紮，那就是擔任南區憲兵隊隊本部的勤務，管區是火車鐵道以南的台北市區。所有的車巡、步巡，偵察、調查，緝拿罪犯、逃兵，及所有牽涉軍人的案件，都由這連負責，勤務非常吃重。換防那天，見到了全連的百多人，心想「人多好辦事」，倒也不擔心。不料全連，急聚急散，還是分駐到各地。一個排長帶了一個排，去接台北火車站憲兵分隊。另一個排長帶了大半個排，換穿了中山裝駐守中央黨部。一個班長帶了武裝憲兵，去替何應欽將軍看大門。另一個班長帶一個班，去國防部長俞大維公館擔任便衣警衛。再加上這裡兩個，那裡兩個，七零八散。真正在南區服武裝勤務的，大概就二十來人，而且一半是只服兩年補充兵役的「充員憲兵」。就兵力言，要負擔半個台北市的治安，當然吃力。

調到中華路的南區憲兵隊後，我的任務是輪流擔任「連部值星官」和「營部值日官」。擔任值星官時，要吹哨子，叫起床、叫開飯，及早晚點名。此外還得分派勤務。整日等在值勤室，接受各方報案。如有較嚴重的案件，就派兵前去處理。如果帶回了人犯，就送交營部值日官，作初步筆錄。不值星或值日時，也要帶班出勤。

對我而言，最緊張刺激的是擔任營部值日官，二十四小時都在值日室。剛開始時覺得新鮮有趣，就像現在的人喜歡看，電視上的「警察故事」的節目一樣。但久了就疲了，有時一夜被叫醒幾次。深夜帶回一個殺人犯，執勤憲兵向值日室一繳，就睡覺去了。那時深更半夜，獨自一人面對一個剛殺了人的人犯，滿身還是血跡。做初步筆錄，哪能不膽跳心驚？

有一次，我當值星官時，有一名從金門回來休假的上尉，被控偷了別人的金戒指，給帶了回來。我看那人一臉忠厚老實，卻被嚇得臉色發白，不停的發抖。惻隱之心人皆有之，我就問他怎麼了？他一邊打顫一邊訴冤道：「我剛從前線下來，怎會偷戒子呢？不是我呀！」我說：「你既然沒有偷，怕什麼？不要發抖。」他說：「我不是發抖，我是內急呀！」我覺得他很委屈，就自作主張，讓他去廁所，那時的廁所當然是茅坑。天哪！等他從茅坑回來，竟像是換了一個人，神氣活現，趾高氣昂的咆哮道：「我哪拿別人的金戒指呀，你們有證據嗎？我是國家的上尉，你們如此對待我，我要告到國防部去。」他不停的發飆，好像在大鬧天宮。終於驚動了我們的營長，把我叫去問話，我當然一五一十從實報告，營長聽了倒也沒動氣，只問道：「你在憲兵學校，難道沒學過『人犯處理』嗎？人犯先搜身，再上廁所的規矩都不知道嗎？把他釋放了吧！」我這才知道，我稍動惻隱之心，竟闖下禍來。

這次事件以後，營長找我去談話。他為人不和善，脾氣很暴躁，對部下也不體貼，但他是個很老練的憲兵官。他告訴我，人犯帶回來時，該先打嘴巴還是先問罪狀，當一個好的憲兵官，應該一眼就能看得出來，才不會出亂子。我懂他的意思，他指的是，當憲兵官應當察顏觀色，就能分辨出人的好壞，才能做到勿枉勿縱。我覺得他蠻有道理，所以這多年來，我也養成了「觀其人而知其性」的本領。雖不像諸葛亮看魏延那樣準確，但也有個七、八分的把握。

當然在南區憲兵隊服役也是「有一弊，必有一利」。第一，就地點而論，中華路在鬧市區，那時中華商場就在對面，西門町圓環也還在，都是當年最繁華的地方，年輕人可在那裡流連終日。第二，當年看電影是唯一的娛樂，花不少錢。到南區後，看電影免費，節省不少。那時的電影院，最後一排都叫「憲警彈壓席」，就是給憲兵警察看「霸王戲」坐的。因為每一場電影進場時，常會有連上一名憲兵在門口執勤。我們就變成了「查勤」的長官，收票小姐反會笑臉相迎。第三，憲兵學校的許多同學常來找我幫忙。原來他們的軍、師長的座車來台北，被南區抄了牌，按情節輕重，可能被扣車或記過，急得要命。希望有人能與「南區」拉上關係，我的同學就想起了我。我幫成了忙，他們就有特別假。

憲兵的知識水平確實高出其他兵種很多，從來就沒有文盲。憲兵的老士官們都是在大陸時從軍，由二等兵站崗開始幹起的。十幾年來，對憲兵的各種勤務當然嫻熟。我到連上時，他們都已三十歲出頭，大多都是上士或中士。但受軍中學歷要求的限制，升不了軍官。他們之中，知識水平最高的，都在連部辦公室擔任行政工作，不出勤務。憲兵連的業務複雜，除一般行政外，有許多的對內對外的公文要處理，這就全靠他們了。這些辦公的士官，他們的學歷大概是初中水平左右。但從人生經歷上，又攝取了許多知識與經驗。所以與一般公務員比較，他們在能力上並不遜色。他們是連上的一群孤鳥，他們會思考、會盤算，當然明白自己在軍中的前途。他們不像其他服勤務的老士官，大多是只知吃喝玩樂，顧着眼前的享受。

我到連部後，就與這些老士官混熟了。他們之中有一位上士班長王迎冬，說話有河南腔，較我大十三歲，寫得一筆漂亮的蠅頭小字。他與陳排長很熟，常來我們房間聊天，慢慢的與我也熟起來。他瞭解我是父母雙亡，得靠自己奮鬥，覺得有些「同是天涯淪落人」之感。當他告訴我，當年如何拋妻別子，如何從軍來台，我聽了也大有「又聞此語重唧唧」的感慨。我們常一起聊天、逛街及購物。他們的薪津雖然微薄，但仍知道儲蓄的重要。我曾被他們說服，一同去買金戒指，為我的老年而儲蓄，雖然那時我還不到二十三歲。那隻一錢五分重，看來不起眼的足赤金戒指，現在已成了老妻首飾盒中，最有紀念價值的飾物。

我雖是預官，但做事還是盡心盡力，他們老士官當然看得出來。另一位班長陳耀楚曾告訴我說：「我們是轎伕，擡過的人多呢，連上誰努力誰不努力，我們冷眼旁觀，一目了然。」有時我因年輕，做事太認真衝動，吃力不討好，反得罵名，自己也為受了「求全之毀」而懊喪。這時王迎冬就會出現，倚老賣老的說：「年輕人啊，別過份認真，這是軍中呀！」

有一次我值星的時候，司令部從勤務電話通知，新生戲院前有七、八名憲兵集結，問是何緣故，發生了什麼，立即處理並彙報。司令部的勤務電話非同小可，當時我就猜到，一定是那天派出到各電影院執勤的充員憲兵，都沒去指定的戲院，而聚集在新生戲院，吃收票小姐的豆腐。這是常有的事，因為新生戲院的小姐最多，也比較漂亮。正好陳排長在旁，他說：「我代你的值星，你親自去處理一下好了。」我心存感激，一邊往新生戲院快走，一邊捉摸着怎麼辦好？叫他們繼續去指定的戲院呢？還是叫他們立即回隊部呢？又一想都不妥，第一，他們不會去個別的戲院的，而會去轉一圈，再回新生，繼續吃豆腐。第二，要他們回隊部麼？他們會一路打打鬧鬧的回去。他們雖是憲兵，但並不知道什麼是軍譽。我走了三分鐘就到了新生戲院，他們有人看到了我，略顯一驚，但也不在乎。我到底是大學畢業的，要比他們聰明些。所以我既不下達命令，也不當場質問他們，以免給自己難堪。我到了新生戲院門口，並不發話，卻將哨子猛吹一個長音，然後高喊一聲：「南區憲兵集合！」在軍中哨音就是軍令，他們誰敢不來？然後，我下口令列隊，立正、向右轉、起步走。我並在旁，一二、一二叫着，讓他們整齊步伐列隊回來。他們沒人敢落隊，也沒人敢多言。把這幾名充員兵帶回到隊部後，我就把他們交給陳排長，狠訓了一頓。

我當時自以為很得意，覺得處理得當，但後來也就忘記了。一直到四十多年後，年過八十的王迎冬班長來台北寒舍看我，談到往事，提起這段。我才知道，他們辦公室的班長們，隨時隨地都在一旁注意我們。我處理這次事件，很得到他們的肯定與讚揚，所以他一直記得這段故事。他說，他們從那次起才覺得，我還有些領導的能力，雖不敢說是刮目相看，但至少不再那麼藐視，我這個預官了。

到我退伍前，我與連上的軍官和士官都處得不錯。他們為我隆重的餞行，連部也送了我禮物，到那時我反倒有很濃郁的依依之情。我在結訓後不到兩個月，就隻身遠走異鄉，去美國苦讀。王迎冬與我每隔幾個月，總有書信來往。偶而也互送禮物，他送我的是各種中文的古文書籍。我現在書架上的「唐詩」、「宋詞」、「古文觀止」等，都有他寫的「粟副排長」或「粟少尉」的擡頭，與「王迎冬敬贈」的字樣。這些書經多年的翻閱，都陳破不堪。但我偏愛那個擡頭，而不願棄換。

我也由與王班長的通信，知道了連上官兵的動靜。我退伍的時候，陳排長就娶了一位師大畢業的僑生，有兒有女，他在憲兵幹到中校退伍，現已年過八十，在南部怡養天年。那些辦公室的老士官們，退伍倒都經過一番滄桑。王迎冬申請退伍後，因他文筆不錯，很快就找到國光中學的工作；他又結了婚，又有了兒女。陳耀楚班長因未及退伍年齡，乃勤練槍法，直到可以百發百中。就被駐南越的大使胡璉將軍，選為大使館衛士。在越南時，他娶了一位華僑小姐，他現住桃園，有兩個大專畢業的女兒。總而言之，當年的老士官，有盤算、有頭腦的，最後都成了家，好壞現在都是兒孫繞膝。但那些沒頭腦、沒盤算的，就不知所終了。

我退伍後，第一次見到連上的官兵，已差不多是二十年後了。我於一九七九年的秋天來中央研究院，擔任客座研究員。趁國慶日的活動，去南部一遊，事先告訴了王迎冬。他邀了陳排長，與另外一位連上的弟兄。大家聚在一家並不豪華的普通音樂咖啡廳裡，喝咖啡敘舊。王迎冬很緊張地告訴我說：

「排長，我從來沒來過這種地方，因為你回來，我特地帶了五千塊來，只怕不夠。」那時的五千，差不多是現在的五萬，怎會不夠？這證明第一，他是個好憲兵，即使普通咖啡廳，也從不涉足，所以不知行情。第二，他高估了我，以為美國回來的人，都是揮金如土。

光陰如箭，我們第二次的再逢已是一九九四年了。那年的秋天，我有幾個在美國的學生學成回國，在台南的成功大學站住了腳後，請我去台南作一次公開演講。我很不愛公開演講，本擬婉拒，但一想到可見到王迎冬，就心動了。這些學生很聰明，同時也邀請了王迎冬。就這樣，我去了一趟台南，再次的見到了王班長。我到成大辦公室大樓時，老遠就看到了他，他站在門口等我。他個子並不高大，但腰桿永遠筆直，想還是當年站衛兵站出來的。那晚我們都住在成大的賓館，才得機會長談。他告訴我，他有三男一女，生活上還差強人意。他的人生觀改變了，不像當年那樣充滿嫉物憤世的想法。因為比起連上許多其他的弟兄，他算是很不錯的了。

第二天我就讓他一人送我去車站，我上車後，就在靠門的空位上坐下。他站在月台上。那年他已過七十歲，卻仍然精神抖擻，還是理了個軍中的平頭，但已白髮皚皚。我們隔窗相望，眼神互相祝福。當火車鳴笛要開時，他忽然立正，腳跟啪的靠攏，腰桿挺直，向我行舉手禮。那敬禮姿式之標準，連車龍埔的教育班長都做不到。我連忙站起，也在火車過道上，立正舉手還禮，四目凝注，相互默祝，直到車行後，互相看不到時才坐下。坐在我對面的兩個農婦，好奇的上下打量着我問道：「你們是阿兵哥哦？」我說：「是，我是排長，他是班長。」她們居然知道軍中階級，馬上答說：「那你比他大喲！」我沒有回答，但心中卻在默默的想，多年的半世紀袍澤之情，那是階級能劃分開的？

我在過去的十來年，每年都必須去台灣一兩趟，每次都與王迎冬班長電話聯絡，也就知道了其他袍澤的近況。王班長如來台北的榮民總醫院看病，我們就見一個面，有時陳耀楚班長也來相會。我當年在連上一共只待了不到一年，卻衍生出近五十年的袍澤之情，誰能說這不是一份最值得珍貴的緣份？不也是最值得驕傲的軍中感情？我們最近的一次相聚是三年多前了，當我送他們走後，看著他們衰老的背影漸行漸遠，我就憶起了麥帥退伍時的名言：「老兵不死，只是慢慢的凋謝。」他們這群可敬的真正老兵，確實在慢慢的凋謝。他們獻出了一生中最寶貴的光陰，一直在軍中的基層默默的耕耘。直到他們華髮叢生，卻是有甲可解，無田可歸。他們保衛了，兩千多萬人的安居樂業與自由生活，但是到頭來又有誰會來感謝他們？懷念他們？

原刊於《湖南文獻（154）》第九十三卷二期頁三三，一九九八年七月號
《華美族藝文集刊》第六集，二〇一一年八月十五日

老人與狗

星期一的傍晚，我特地抽空去看了克林特（Clint）一趟，想到這是他的最後一夜，心中不覺感到無限的慘然。回家後，雖是獨自一人，也做了一杯馬丁尼酒。誰知喝了以後，更是覺得五內俱焚，黯然神傷，感情激動得無法平靜下來。克林特雖不與我們住在一起，但想到過去十五年的相處，一起遊玩的情景，眼角不禁開始濕潤，一滴熱淚終於掉入了我的酒杯，與馬丁尼混在一起。我一邊啜飲着含有淚水的馬丁尼，一邊回憶起過去十五年的林林總總。

克林特是個對我很忠實的朋友，但他並不是一個人，他是我們女兒養的一條狗。我們的女兒從小就喜歡小動物，一直很想養一條狗。但是我們住在紐約城內的公寓，沒有養狗的條件，只能讓她養一隻金絲雀。誰知小小的金絲雀，也通人意。每逢女兒回來，它就在籠子裡，非常的興奮，叫躍得特別厲害，聲音也特別的急促悅耳。這就更使女兒想到養一條狗，可能會有更多的樂趣。

女兒在一九九二年結婚後不久，就買了一條淺黃色的獵物犬種（retriever）的小狗。這種狗的性情最為溫順，最適宜於用來導盲、搜索、看家等。成犬個子不小，體重可達八十餘磅。女兒很要面子，一定要選一條，家世清白，出身名門的好種。因此就等了好幾個月，才領到手。因為父母都有顯赫家世，所以價格也不便宜。因為女兒最喜歡的男電影明星是克林特伊斯吾（Clint Eastwood），所以就叫他克林特。

女兒婚後，住得離我們很近，步行不到十分鐘。每逢週末，大家都聚在我們上州湖邊的別墅。克林特剛來時，只有一個月大，非常的好玩，大家都喜歡他，成了家中的寵兒，就像是第一個小孩一樣。雖然給他買了許多的玩具，但他最喜歡玩的卻是我的拖鞋。常常趁我不注意，悄悄的將我的拖鞋啣走。我追去時，它就啣着拖鞋，躲到床底下，叫我莫可奈何。到他半歲時，我們就送他去家畜訓練所，受些基本訓練。在學校裡他的成績平平，學得不多，只會一些簡單的動作。女兒有些失望，就帶他到獸醫院檢查，這才發現，原來他有先天性的毛病。就因為他的「種」太純，幾代前就曾不斷的有過「近親繁殖」。所以克林特不但患有先天性的關節炎，智力也低於平均。而且按獸醫說，有這種先天毛病的狗，大多短命。這時我們才知道，我們養了一條帶有輕微智障，身體不很健康的短命狗，所以對他的要求也不太多。

克林特並不知道自己的缺陷，還是調皮活潑，並且非常忠於職守。紐約北部各郡的人家，大多都受加拿大野雁之害，草坪被吭，雁糞滿園。每逢週末克林特一到別墅，馬上滿園奔走狂吠，羣雁老小哀號奔逃。他就直豎雙耳，拖長舌頭，擺動尾巴，仰視闊步，好像是凱旋歸來的拿破崙。鄉間空曠，時有麋鹿浣熊來偷食，他們聞得他那雄壯的吠聲也都遠颺。女兒女婿對他這種守土有責的態度，更是引為自豪。而我們在湖中游泳時，克林特更本着這種獵犬擅泅的特性，在我身旁不遠慢游，好像在預防不測一般。如果我因他妨礙游泳而怒叱時，他就稍游遠些，但那雙懊喪而委屈的眼睛，卻仍目不轉睛的看着我，好像在說，我得負責你的安全呀！

克林特來後一年多，我們第一個外孫誕生了，成了家中的新寵。老妻就杞人憂天的說，狗通人性，是會嫉妒的，我們應該注意隔離他們。其實相反，克林特似乎知道自己的地位，不但不爭風吃醋，還擅盡保護之責，好像一個忠僕侍候幼主一樣。如四周沒有人時，他會拖長了舌頭，用一雙關愛的眼神，注視着搖籃中的嬰兒。當孩子醒了出聲時，他就奔出房間，在屋內四處奔叫，好像在說，孩子醒了，得有人去照顧呀！又過了一年多，外孫女也誕生了，狗當然不懂重男輕女，所以還是忠心耿耿，悉心照料；同時似乎也知道，自已的地位又下一層了。孩子與狗本是玩伴，他們一起玩時，大人也較放心。克林特雖笨，多少有些照顧的作用。

當我們一家團聚的時候，克林特雖是弱智，還是懂得察顏觀色。他知道有些方面，我的地位可能較高。他曾受過訓，知道吃飯時，絕不准許在桌邊乞食。但是當他被烤肉的香味，熏得垂涎三尺時，他就會悄悄的來到我的桌下，耐心的等我偷偷的喂他。他如闖了禍或被叫去吃藥和除蟲（tick）時，也會很自然的到我身邊一躺，尋求保護。我也因他不「狗眼看人低」，有時為他仗義執言，建立了一份特殊的感情。克林特雖笨，但有些音樂天才，每當我寂寞而吹奏口琴時，他就爬在邊上靜聽，而且不時的引頸高吭，嗚嗚之聲，非嗥非吠，但節奏和高低，也都隨着我的口琴，真可謂我的「知音」。家人聽了也都稱奇，連孫兒們也都愛聽他的伴唱。

住在城內養狗，成本確實很高。除狗食外，每天得有人遛狗兩三次。如全家旅行時，還得安排入住「狗旅館」，費用都很可觀。克林特患有先天性關節炎，開過兩次刀，因為沒有保險，醫療費用比人開刀還貴。我常開女兒玩笑說，養狗比養我貴，遛狗錢超過我的伙食錢。女兒夫妻雖都有很好的工作，但也覺得負擔吃重。有次與女兒談起是否後悔養了狗，她竟說並不。她舉了個例，她的工作常需加班，深更半夜回來時，丈夫與孩子都睡了，只有克林特一定守在門口。一聽到鑰匙聲，他就會拖長了舌頭衝上前來，拼命的搖着尾巴歡迎，並陪在她身畔，一直到她洗漱完畢上牀，他才回自己的睡處。女兒說：「這時，我只覺得，在這個世界上，只有克林特最在乎我。」這大概就是為什麼，狗被認為是人類最忠實的朋友。

孩子漸漸長大，狗當然也長大，他們一起玩球、賽跑、游水，相互陪伴，做大人的看了，當然高興。但是這種狗的壽命只有十三至十五年，所以到孩子們十歲時，克林特已經是垂垂老矣；陪孩子玩時，很有些力不從心。加上他又有些智障，常常孫子一棒打出的球，他雖四處狂奔猛嗅，却找不回來。也就只好低着頭，垂下雙耳，兩眼看地，在大夥的嘲笑聲中，懊喪的回來，躲到女兒的腳旁。然後用那根粗壯的尾巴，叭叭的拍地，好像在辯說，我已經盡力了呀。

有一天，女兒從獸醫處回來，告訴了大家壞消息。原來克林特已有失聰失明的老化現象。又因為他的先天缺陷，他的前腿關節炎很嚴重，走路時非常疼痛，不能也不應快跑了。但是每當他看到加拿大野雁時，還是忍痛狂追猛逐。然後一跛一拐，慢慢走回來，表示克盡厥職。大家看了，心中也覺非常的不忍。

那年的春天，我們去台灣住了三個多月，回來後見到克林特時，大吃一驚。他的門牙掉了，臉上也出現了許多黑斑。上前歡迎我們時，步伐蹣跚，只能拚命的搖尾。女兒在旁感傷的說：「克林特是老了，他的視力已衰退到幾乎全盲，聽力也只有三分，他完全是靠鼻子，才知道是你們回來了。」女兒又說，他臉上的黑斑只是「老人斑」而已，更嚴重的問題是大小便失禁，教他們全家都來不及清理。而事後克林特也感羞愧無比，令人不忍相責。我這個上了年紀的老頭聽了，怎能不嚇得混身是汗？對「老」更加深了一層畏懼。

在曼哈頓為人遛狗，本是一種好工作，但他們的遛狗人居然氣得不幹了。因為克林特不聽話，常走了一半，就躺下休息，耽誤時間。女兒有時得為「遛狗」而調換上班時間，影響工作。而克林特活得也很辛苦，牙齒脫落無法吃肉啃骨，關節炎使他不能多走路，多半時間是全盲半聾的躺着。這時女兒夫妻就打聽了各種處理「老狗」的可能，最後的結論是「安樂死」最為直截了當。兩個孫子因曾經過，他們祖母的病亡，對生離死別已有認識，能夠勉強同意。雖然家庭中取得了一致的看法，但誰也不願做出最後的裁決。女兒問我的意見，我因自己的年齡，聽了「安樂死」總有點怵目驚心，但也祇能同意。只是最後問了一句：「我們中國說，好死不如賴活，你聽過沒有？」至此，大家都知道了不得已的對策，但仍都希望克林特能頤享天年，自然的走，這時他老人家已過了十五歲了。

這年初秋的一個週末，我們全家聚在鄉下的別墅。女兒告訴我，在上星期，她遛狗時多走了一條街，克林特就走不動了。他們回家過街時，走到街心，克林特撐不住了，可能是太累，也可能是太痛，得躺下來休息。這時紅燈變綠了，汽車喇叭齊鳴，他就是無法站起，而女兒也抱他不動。折騰了許久，他才站起來繼續前進。有過這次經驗後，女兒女婿終於做了決定，下星期二帶克林特去獸醫院，讓他永遠的安息。大家聽了也都是鴉雀無聲。我長嘆了一聲後就說，我下星期一會去看他，陪伴他一陣。但是星期二你們上路前，還是先來一下我們家，我要與他作最後的訣別。

星期二一早，電話就響了，女兒夫妻開車帶了克林特，已經到了門口。老妻與我，拿了照相機就趕下樓去，箱型車的後門大開，克林特爬坐在裡面。當我們走到很近時，他大概嗅出了我們，忽然興奮起來。他拖長了舌頭，急促的呼吸，不停的搖擺尾巴，把車廂打得吧吧作響。眼睛雖看不見了，目光還是投注着我們，雙眼還是相當的明亮。他已不能高聲吠叫，只能低聲嘶啞的咽嗚。狗的臉上本無肌肉，無法表現他內心的喜怒哀樂，但我猜他並不知道自己的命運。他如果知道，這是永別前的最後一面，無論如何，他也會忍住痛苦，掙扎着撲上我的身來。我為他照了幾張照片，不等車離開，就先回了公寓，因為強忍的淚水已經奪眶了。

又不幾日，遇到了女兒家的褓姆，她是廣東來的老一代移民，很講究人狗之別。她搖頭嘆息的說：「養狗真沒意思！他們回來後，兩夫妻相對哭了整整兩天。」我聽了心中生了一份同情，但也有一份嫉妒。到我走的時候，她們會如此傷心嗎？我再見到女兒時，安慰了她一番後，就問是否打算再養一條狗。她斬鐵斬釘的說：「不！絕對不！不是怕麻煩，也不是怕費用，只是受不了最後分別時，精神上的痛苦。」我這個年逾古稀的老父，聽了這話，心中到是得到了那麼一絲的安慰。

上海二〇一〇世界博覽會參觀記

我自退休後，很少回國。這次應社科院之邀，出席北京的會議，老妻就說服了我，在上海轉機。她說，這樣就有一天半的時間，可去「上海世博」一遊，大概也是今生最後的一次「世博之遊」了。機票訂好後才知「上海世博」擁擠不堪，參觀較熱門的展覽館，排隊即需數小時。我聽了當然有些心寒，老妻也有些後悔，不得已打了無數的長途電話，京、滬、台三地的朋友都答應盡力幫忙，但誰也沒有把握。他們花了無限心血，探試了無數關係。我們終於在不排隊的情形下，疲憊不堪的參觀了七個展覽館。第三天清晨就匆匆搭機離去。友人的司機在送我們去浦東機場的路上，指着右前方的一片停車場，對我們說：「這是世界上最大的巴士停車場了，這些巴士都是由鄰近各省，載着鄉下人來看「世博」的。上海人，雖然每家都發了門票，但是沒有人去看。」說着回了頭，向我裂了嘴笑了一下道：「這東西可以騙騙鄉下人，阿拉上海人是騙不到的。」我聽了他這話，也只有報以啞子吃了黃蓮的苦笑。

就在前一天，七月十四日下午，我們到達了上海，因為飛機誤點（國內似乎尚無不誤點的飛機），拖延到下午五點過，才到旅館，但六點半就趕到了浦西的「台北館」。這時天色已漸暗並飄着些微雨，館外所排的隊伍還是相當的長。有人告訴我們，大約三小時。「世博」處處是人，處處排隊，隊伍長短不以人數或長度計，而以距入場時間計。我們在「有力人士」的簇擁下，由側門進入了台北館的會客室，該館主任很客氣的出來周旋了一陣，就說待下場開放時，我們可先一般觀眾入場，佔據較好的位置。如眾所知，台灣的政治生態特殊，台北館的建設與佈置並未動用公帑，一草一木都由郭台銘的富士康捐獻，打的口號是「城市，讓生活更美好！」而以「無限寬頻」與「資源回收」兩個項目做宣傳。其實到過台北的人都知道，這兩項工作在台北做得並不怎樣。館內所展寬頻面板，確實是碩大無朋，光澤明亮。但在台北館內，細心的遊客到都覺得是處處可嗅到「鴻海」公司及其面板的銅錮臭。

當晚，我們還參觀了一個由大陸營建商萬克（Vanke）所設的「二〇四九展覽館」。這個館的外殼是由麥桿造成，其特點就是強調未來的環保問題。到二〇四九年時，所有的建築材料，都將會由合乎環保要求的廢物所取代。而室內設施也是以節省能源，與減少廢棄為原則。參觀完畢後，也覺得上了一堂「環保課」，若有所獲。由館內出來，方知天已全黑，展覽場內華燈初上，建築雄壯，五綵繽紛，不禁令人嘆為觀止。

次日是我們的正式訪問日，我們於九時到達浦東世博接待中心時，欄柵前的武警已預知我們車號，所以我們長驅直入，直達中心。這時負責接待的一位上海市副處長，一位導遊及一個小白菜（義工的制服是綠白色，故統稱小白菜。）已候在門口了。我們數語寒暄後，一行六人，就上了他們的麵包車，因為私家車是不許在場內行駛的。

既然我們是旅美華僑，第一站當然是「中國館」。車子七彎八扭的轉，滿園人山人海，天上飄着濛濛細雨，館前都是條條長龍。排隊的人許多是打看雨傘或穿着雨衣，前胸緊貼後背的站着，嚴防插隊吧！中國館與香港館、澳門館及台灣館都鄰接在一處，但是中國館與台灣館之間，隔了一條又高又長的公路，我心中默想，這大概是有心人的設計吧！

中國館當然是最擁擠的一館，並不接受直接排隊。觀眾必須先排隊領取邀請券，再憑邀請券排隊入場。中國館的建築至為雄偉壯觀，有十二層樓高。外觀似一紅色的古冠，其紅也共分為五種漆色，據說可以不因陽光的直射或斜射而變色。中國館中最令人欣奮的當然是巨幅的北宋張擇瑞所繪清明上河圖，原件珍藏在北京的故宮。其描繪也以北宋汴京，在清明時節的市井景物為主，因為是用3D設計，不但是立體活動，而且日景與夜景，每兩分鐘互換。白日時，遠山近景，陽光普照，市井有序正如其圖。因為已利用科學方法，改為立體動態，所以所有人畜車馬都在轔轔緩動。到夜晚時，遠處山水盡暗，但萬家燈火通明，室內各人不論讀書、做飯、織布、紡紗，都在緩緩的動作，遠看也栩栩如生。叫一般人看了嘆為觀止。當然明眼人就會注意到，既是清明，春風拂面，萬物蠢動為何柳梢不搖？

除了清明上河圖外，中國館的兩大題目「和諧中國」與「歲月回眸」，都富有政治性，內涵也都是用大型面板照射出來，讓人觀賞。前者當然是倡導，中國境內各民族的和平共處，互信互助，互諒互愛。歲月回眸部分，就是強調自一九七八年改革開放以來，人民物資生活的進步，及國家各項建設的偉大。至於一九七八年前，人民所受的各種苦難卻是隻字不提。

台灣館對大陸一般的民眾，仍然有十分的好奇性，館外人潮滿坑滿谷，隊伍排得很長，非五、六小時進去不了。而台灣館的內部面積不大，一次只能容許四十人，分乘二部電梯同時參觀。當電梯緩緩昇起時，觀眾好像置身一〇一世貿大樓的電梯，環顧台北全市。那日因為設備有故障，只能看到半景。觀眾在一片嘆惋聲中，不由自主的踮起腳來，但是還是半景而已，大夥只好徒呼奈何。上了電梯緊接着，就進入了一個所謂「七二〇度」的立體球形介紹台灣的風景。球的凹面牆上，佈滿了台灣山中特有的富麗山川和奇禽異獸，不但配有各種禽獸的叫聲，山中氣候也隨時變化，連輕微的雨點也會飄打在觀眾身上，以顯逼真。只是飛禽走獸，展翅伸爪時的動作，卻並不顯得自然悠美。球體兩向轉動，所以號稱「七二〇度」這當然足可哄哄觀眾中，那些上海附近的農民吧！

此外，在台灣館，還可點燈祈福，只是所有操作都換成了按動電鈕。大家圍繞着一塊花蓮運來，三尺高的花石。每人從面前六吋見方的銀幕內，選取一句吉祥語，然後按鈕，這句吉祥語就出現在燈面冉冉昇空，觸頂自滅。一般觀眾大多略有所悟的說，點燈祈福，原來如此。最後一項活動，是請觀眾在板櫈上坐下，品嚐一口，真正的一口，高山茶。這時就有兩個彩衣戲裝的人出來，手舞足蹈表演娛眾。管事的人就唱到，三太子到了。我身旁有個衣着不俗的人輕聲問道，是朱三太子嗎？另一人回說，怎可能？朱三太子是反清復明的。我為了結束他們的討論，就輕聲說，不！那是哪吒三太子。他二人雖似有所悟的點頭示謝，其他的人卻把我上下打量，不知我云云。

看完台灣館，我們去大會場內的「紹興飯店」午餐，因副處長先作了安排，我們在獨立的餐廳，吃了一頓道地的紹興菜，以醃、烤為主。肚子飽了，我們就繼續行程，直奔「日本館」。看完三個中華館，再去看日本館，真可謂感慨萬千。先別談「超英趕美」那些空話，其實我們距日本還有相當的距離。在這次世博中，日本館是公認為最前幾名，我看後也深以為從主題立意、佈置設景、內容表演及設計管理而論都是極上乘，中國館與台灣館都望塵莫及。

日本館的外形像一隻抬頭吃桑的蠶，身白頭紫。自外蒙獨立後，中國的地圖已不再像桑葉，所以並不給人可怕的聯想。當我們到達時，他們的迎賓者，看了一下手中的訪客單道，寫明三位賓客一位陪同，怎麼來了六個？於是副處長與我們進去，導遊與小白菜只好留在車上。

日本館工作人員的制服，是淺土黃色衣裙，佩以淺紫紅色的帽子及腰帶。制服是按「朱鷺雀」而設計的，朱鷺是一種在山東境內絕種的珍禽，後來在日本發現，日本生物家佐籐將之繁殖到百餘隻，並將數隻送還中國，由左X梅女士孵養繁殖成功。數十年後朱鷺在日本又再度消失。不幾年前左女士代表中國，親自將數對朱鷺贈送給日本，由年邁的佐籐代表接受，並繼續繁殖。到現在中日兩國的天空裏，都有美麗和平但瀕臨絕種的稀世動物朱鷺雀，漫天飛翔。這是一個多麼可愛動人的兩國「互相合作」「互通有無」的故事呀，能想到把這個故事用來作日本館展覽的主軸，真可謂用心良苦啊！

日本館的展覽分為四部份。首先是一條彎曲的通道，兩旁佈置了日本歷史上的各種文物，並用櫥窗式的裝飾，描述了日本自古到今的民情風俗。通道在黑暗中轉了一個彎，兩旁的陳列就變成了介紹日本的近代科技。由零排放的汽車，萬能機器人，到超世紀的巨大噴氣客機。經過了少許的等候，觀眾被導入了一個站立式的劇場，舞台的前方和左、右方都有巨大的面板，彩色的鮮明及對立，微粒之清晰與光潔。使得那些中華各館使用的面板，確實都成了小巫，不可同日而語。在這個劇場所播放的故事，就是前述的朱鷺往返於兩國的故事。第四部份是一個三人舞蹈劇，仍然以朱鷺為主題，而以崑曲為背景，劇情新穎，舞姿優美，與銀幕上的卡通，更能充分配合。當音樂戛然而止時，觀眾悵然若失，紛紛起立，魚貫而出。只是大半的人並不知，背景音樂是上海人應熟知的崑曲。

日本館後，我們就按原定計劃，訪問了「理想城市館」。這個館是由上海博物館主辦，而其中展覽品大部份由國內外的博物館借來，只有小部份是臨時建造。因為場地較大，參觀的農家子弟們在裡面翻觔斗、捉迷藏，秩序很亂，而且不停的用手撫摩世界極品珍藏。我們因有專人主講，所獲匪淺。此館的主題是說明城市的進化，由兩河流入的巴比倫至江戶大火，而至現代的倫敦與紐約，其中更經過文藝復興及米蓋蘭及羅時代。並且將東方與西方的城市穿插比較，更可看出城市發展過程上的不同。在看完此館以後，我很感慨又有所悟的向該館派給我們的導遊說，唉！全世界的城市都是依水而生，卻因火而滅，那小青年怔着看了我一會就說，看來確是如此。

我們看的最後一館叫「阿聯酋館」，在台灣叫阿拉伯聯合大公國，這是一個因石油而致富的國家。為顯示其國之富有，該館可謂金壁輝煌，大部份的工作人員都是由當地僱用，偶而有一兩著長袍的阿拉伯人，也仰視闊步，不可一世的氣派。雖然這也是一個熱門館，大概是為其外部的裝飾與神祕性所迷惑了吧！至於他們的展出，只是三部短片，敘述當年祖先是靠深海潛水採取珍珠，生活非常堅苦，到十九世紀，發現了石油，國民大多可以不勞而獲，過着豪華生活，享受優厚的社會福利。這三部短片都是規勸年青人，應該不忘先人的勤奮堅卓，更不可沉耽於目前的富庶，應當做到百尺竿頭，更進一步。三部片子的勵志性很鼓勵年輕人努力上進，但這對中國目前的小皇帝們有多大的作用，就不得而知了。

在參觀「阿聯酋館」後，已經是四點多鐘了。這時我這位年過古稀的人，已感疲憊不堪，加上天氣又熱又濕，乃決定到此為止，向諸位陪同人士千恩萬謝的道謝後，回到旅館，倒在床上就呼呼睡着了。

我一生只參觀過兩次世界博覽會，第一次是在一九六四年在紐約法拉盛，這次跋涉長途是第二次。第一次時，我還是一個課業繁忙的外籍學生，並不懂什麼是世界博覽會；只是去看看熱鬧而已。當時世界處於冷戰對峙，越戰方殷。東西對壘，在美國舉辦的世博，當然沒有任何共產國家參加。那時的世博也如趕集，一般華人前往，主要是看唯一的古色古香的「中華民國館」之建設，及館前所飛揚的青天白日滿地紅的國旗。在館內還能買到一些價格不便宜的中式餐點果腹。

我雖也曾參觀其他諸館，內容記不十分清楚，大體上依稀猶記。列強各國在其展品中多少有些張揚國威的地方。除此之外，各國科技上的的展覽仍以機械性的器具。如美國館中做得非常逼真的真人大小的機器人，面部動作維妙維肖，互相之間不但能對答如流，而且還可有互動，當時有人看得入迷，而在櫥窗前呆立數小時的。據說這批玩偶，在對科學研究做出貢獻後，全部捐給了廸斯耐樂園。

在這次的觀展中，一般人對來賓成份有所錯估。當初以為有少許的觀眾是西方遊客，結果是觀眾幾乎全是華人，而且只是上海附近的農民，他們雖帶來了草根的香味，卻也帶了無味的茫然。他們短促的耐心，使他們到處碰撞，喧嘩與奔跑。這些精心製造、全世界奔波借來的珍品，值得給他們看嗎？我所參觀的七館裡，日本館的秩序維持得最好，但中國觀眾就與管理人員發生爭執。

心有靈犀一點通

——憶張培剛教授

張培剛教授以九八歲高壽，於去年年底辭世，我知道後，心境一直不能平靜。我雖小他廿五歲，但我並不是他的學生。我一生只見過他五次，也不能算最交心的朋友。但我們之間卻是「心有靈犀一點通」！如他所說，我們只能算是「忘年交」吧！

我第一次訪問華中工學院（現名華中理工大學）是在一九八二年的七月，那時還是改革開放不久，美國的宏觀經濟學家，很受國內的歡迎。自一九四九年以後，由於政治因素，西方經濟學成了各大學中的一塊禁地，尤其是宏觀經濟學，所有的教授避之唯恐不及。中美建交後，政府高層決定要引進西方經濟學。第一次由美國教授來華，正式講授宏觀經濟學的是「一九八〇頤和園講習班」。我曾是該班的教授，國內各校對邀我講學時，就減少了顧慮。也因為「頤和園講習班」，我認識了班上的學員，華中工學院的林少宮教授。

一九八二年夏天，我在西安講學完畢，去長江三峽遊玩，途經武漢，就收到華中工學院的邀請，訪問一天。那時正值國內各大學，文革後的第一期大學生畢業。許多畢業生欲出國深造，因無完整學歷，又無英語根基，無法請到國外的入學許可證。我在西安講學時，就曾函告林少宮教授，我任教的紐約市立大學，委託我招收四名中國博士研究生，兼任助教，學雜費全免，並有生活補貼。他們的選拔，由我全權決定。當時我並不知道，我的身價也因此倍增。

在到武漢之前，我已經聽說過，張培剛先生是華中工學院的創院資深教授。但對他那些傳奇性的遭遇，卻一無所知。那年夏天，他還在醫院養病，但是因為有外國教授來訪，他特地出院歡迎。我先到了學校，在門口迎他，他由車中出來，一張慈祥而帶着笑容的臉孔，先向開車的師傅道謝，並掏出兩支香煙，向他說道：「師傅你辛苦了，我請你抽兩支煙。」我當時就覺得他是一個周到的人，當然也瞭解了國內的窮困。然後他轉過身來，與我握手寒暄。他握手握得緊而有力，緊到你覺得有一股熱氣傳過來，讓人感到一份溫馨。那次的訪問在時間上很緊湊，除見領導外，還有一場學術演講。因為那是一所工學院，所以我的講題就是「最優控制法在宏觀經濟學中的應用」。我猜培剛教授一定很瞭解，在中國自我封閉的那段時間裡，在國外許多科學與工程的方法，都用到了經濟學中來。這些有關經濟計量模型的新技術，他不可能知道，但他聽懂了，我猜他對我的印象不錯。後來他們也把這篇演講，刊登在該校的雜誌上。至於那四名助教金中的三名，我也委託了林少宮教授代為選拔。

在一九八〇年代之初，我的博士論文指導，杜塔教授（Prof. M. Dutta）組織了亞洲經濟學會，我也是該組織的主要成員之一。到一九八四年初，我們準備次年秋季，召開第二次美亞經濟關係會議，邀請亞洲各國學者參加。杜塔教授對中國經濟學界不熟悉，因此要我推薦邀請的對象。我就與一九八〇年頤和園講學時，遇到的國內經濟學家聯絡。最後，我們決定邀請張培剛、林少宮、錢致堅、劉景同及李則皋等教授。

一九八五年九月底，我們在紐約世貿中心的第四十四層樓，正式開會。那時國內還沒有那樣高的大樓，那樣快的電梯，國內學者都嘆為觀止。張培剛教授與我，在武漢時雖驚鴻一瞥似的有一面之緣，這次重逢，他卻顯得特別親熱與興奮，認為華人能在國外經濟學界站住腳跟，感到與有榮焉。那次正式會期只有三天，而且會場中除寒暄外無法長談。他與林少宮教授合作了一篇報告「China's Economic Adjustment and Trade Perspective」由培剛先生宣讀。在最後一天，培剛先生對我說，希望次日能來我辦公室一談。我就告訴他，我的辦公室就在東四十二街，他說准能找到，因他熟悉東四十二街的聯合國。

第二天下午他準時到後，說有不情之請。我問他是什麼要求？他說要我把一九四九年到一九八〇年代，這卅年內，美國的經濟學中各流派的起伏變動，為他仔細的分析一遍。這確是個「不情之請」，未教過「宏觀動態理論」的人，還說不完全。雖然他的學問底子厚，我還是花了近三個小時，才把「凱恩斯派」與「貨幣派」之差別講清楚，也分析了兩者間的恩怨。他的悟性極高，恍然大悟的叫道：「這不又回到了亞當斯密時代的『供給面』了麼？怎麼倒走了兩百年？」真可謂「一語中的」。他用四兩撥千斤的手法，道破了五十年來美國經濟學的興衰與變遷。

正題談完了，我們就閒聊，他說他是一九四六年在哈佛大學得的博士；他的博士論文曾被哈佛轉譯成數種語言。他畢業後，立刻就找到了聯合國的永久性的工作。新中國成立前，他因出差去泰國，途經香港，遇到了當時在香港做工作（他稱之為「地工」）的許滌新，一席長談後，他改變了一生的規劃。為了參與建設祖國，毅然決然地放棄了海外的一切榮華富貴，回到故鄉湖北武漢。好像在一九五六年，他建成了「華中工學院」後，就被打成了右派，教了二十餘年的英文，不許教經濟學。當然動亂十年中，更是吃盡了苦頭。只是他用一種很幽默，而詼諧的方法侃侃而談，聽後雖仍有「又聞此語重唧唧」之憾，但並未感到那麼樣的哀傷與憤恨。其實一九八〇年，社科院代表團第一次來紐約時，許先生已來過我家，也略有所談，他當時的思想大概也已不同於一九四九年了吧！

由我已發黃的舊照片看來，那晚大家是聚在我家，培剛先生相當健談，我也不弱。表面上雙方因立場不同，有些針鋒相對，其實我們心底裡是互相了解溝通的。我說，西方學者中，經濟學家最懂「共產主義」，因為經濟學博士考試必考「西洋經濟思想史」，其中「共產主義」所占的地位相當顯著。他點點頭道：「其實最終的目的，就是『世界大同』呀！」我總覺得他很有雄辯之才，常能用輕描淡寫的三言兩語，道破別人的長篇大論。我也常覺與他是「心有靈犀一點通」，自此次相聚以後，我們建立了較深厚的友誼，乃以「忘年交」互稱。

亞洲經濟學會，每兩年開大會一次。第三次大會在上海召開，我未參加。第四次大會於一九八九年六月在紐約的哥侖比亞大學召開，我與培剛先生又重逢了。這時他已七六高齡，所以校方特准其夫人譚慧女士，同行照料。在我的舊相簿中，找到了一張，我們四人的留影。這次聚會人數較少，交談上較能推心置腹；又因兩位夫人在座，談家常的滋味，濃過於談學問。他也談到他的大舅子，武漢大學著名的譚崇台教授。原來他們在哈佛大學就是同學，後來譚教授把自已的妹妹介紹給了他。我就開玩笑的說，這可套一句論語中孔夫子讚公冶長的話：「張培剛可妻也。雖在貧困之中，非其罪也。以其妹妻之。」培剛聽了大笑，很能欣賞我的幽默，同時也很奇怪我這個美國教授能引用《論語》。這雖是我們第三次相逢，確真是賓主盡歡。

大概是一九八九年秋天，國家教委高等教育司，向世界銀行貸款，發展大學之財經學科。並在上海復旦大學，召開「財經專業教學計劃國際研討會」，討論《西方經濟學》《發展經濟學》及《比較經濟學》的授課內容，一共有二十多位專家出席。我參加了《西方經濟學組》，由高鴻業教授主持。培剛先生在《發展經濟學組》，雖然不一起討論，但每逢休息時間就可見面。有一次，我們大家乘電梯去餐廳，電梯相當擁擠。一梯車中站滿了經濟學家，就在電梯門要關時，又衝進一個冒失的年輕人來，左手推開了我，右肩撞到了培剛先生。我心中火起，就不客氣的說：「不要瞎擠，你撞到人了。」而培剛先生卻不停的向裡退讓，口中並向他說：「對不起！對不起！」這個小伙子有些不好意思，就低頭不語的站着。我就向培剛先生埋怨道：「你又沒錯，為什麼要道歉？」他卻很謙和的說：「我是『禮多人不怪』嘛！」一時搞得我倒有些窘態，不知何以對答。我情急生智的說：「我是『怪人禮不多』嘛！」電梯中人都笑了。培剛先生卻忽有所悟的說：「對了，同樣的五個字，你把次序顛倒排列，意義就大不同了，真是有趣。」由這一則小故事，可看出他對事理分析能力又強又快。大家也知道了，我們是一對可相互開玩笑的「忘年交」。

從那次以後，我們就有書信往來，每年新春也互寄賀卡拜年，有時由張夫人譚慧女士代筆。一九九一年初收信，知他將於年初訪問加拿大，並將儘力爭取來紐約；結果未能成行，緣慳一面。但是由交往中，我告訴了他，我九歲喪父，十九歲喪母。幼年在物資及精神上，受盡坎坷。一直到成家立業後，才能過一般人認為正常的生活。他聞之也深為感傷，他乃告訴我，他的故鄉是湖北黃安縣（後改為紅安縣）。他在一九三四年畢業於武漢大學經濟系後，即被選送到北京參加中央研究院社會科學研究所，擔任助理研究員。也在這段時間裡，他與京劇結下了一段情緣，每週星期六與星期日，必去前門外的廣和樓聽戲，並且寫了許多戲評。所以我們也是京劇同好。

一九三八年暑期，抗戰已開始，中研院內遷。他剛廿五歲，乃回家鄉向雙親告別，不料竟是永別。那年冬，武漢為日軍侵佔，他們先遷桂林，再遷昆明。他於一九四〇年考取了清華的庚款留美公費，次暑飛香港，乘總統號郵船赴美，進入哈佛苦讀。一九四五年秋，一個雨天，他正在撰寫博士論文「農業與工業化」的最後部份，忽接其兄於大半年前寫的家書，謂其母已於正月謝世，臨終前不停的連呼「次兒」，培剛先生的小名。培剛先生接信悲痛萬分。接連數日，呆坐在哈佛大圖書館前石階上，時而仰看蒼天，時而眼望東方。乃吟出七絕一首：

康橋秋雨落紛紛，遊子外洋哭母親。
養育恩深何處報，且將眷念化宏文。

那年冬天，他寫畢業論文時，又得家書謂其父也於農曆八月去世。數月之間，連得噩耗，父母雙亡，這本就是一個人子的最大悲痛。古人說：「樹欲靜而風不止，子欲養而親不待。」何況那時他剛拿博士學位，就人生來說，可謂更上了一層樓，怎會不更有「風樹之思」呢？所以當他的論文由哈佛出書時，他特地在扉頁上加上了：「懷念我的父親與母親」以表達不孝子報答雙親養育之恩情於萬一之心境。

到九十年代末，我想到培剛先生年事已高，很想與他能見一面，一敘離情。只是我生性不喜旅行，紐約到武漢可謂天壤之隔。正巧此時，重慶升格為直轄市，以作對大西南經濟開發之中心。因此重慶市出名，召開了一次特別的

「經濟論壇」。國外學者，由北京社科院的汪同三所長主邀。當汪所長向我提出時，我唯一的要求是，回程能順道訪培剛先生敘舊。汪所長素知我們是「忘年交」，不但一口答應，還答應親自陪伴我循長江，遊三峽，到武漢。他說：「不必驚動華中理工大學，我派人送你去見他，事後直接送你去機場。」

社科院的研究員李金華是武漢人，對華中理工大學校園相當熟悉，負責接送。所以我們於早上十一點鐘，就直接驅車到了招待所，但門口並無動靜。只見門前有塊高不盈尺的大石塊，上面坐着一位腰背微駝，龍鍾老態的長者。遠遠的，我已看出了是培剛先生。我們走近時，他看出我們了，馬上迎上前來，滿面笑容，兩手緊握，鏡片後的兩道烱烱目光，上下不停的打量着我。然後又給內子一個緊緊的美式擁抱（hug），由這種久別重逢的熱誠擁抱，依稀可看出他曾在美國住過多年。寒暄幾句後，他半興奮半抱怨的說：「他們只說你要來看我，又不說時間，我只好一早就坐在門口等，這就是我的『倒履相迎』呀。」等大家落坐以後，譚慧女士才說，他九點多就下去等了。我心中慚愧不已，只好喃喃的說，這比「倒履相迎」更為隆重，怎擔得起。

到中午時，執事人員建議我們去餐廳午餐。培剛先生左手牽住我，右手挽了內子，他雖已八七高齡，但身體健朗，精神抖擻。他邊走邊談，他說這個學校是他親手在五〇年代建立的，並指着走過的磨石子地，他說他不但磨過，還記得怎樣磨。為了不勾起老人的悲傷的回憶，我只說了，我知道那一段，就又開了話題。

大家入席後，與大家一一談敘時，我才發現大家都是清一色的華中理工大學出身。這時已是酒過三巡，菜過五味。我有愛酒的毛病，酒後常會直言傷人，非人人能忍。這時我就把學術界常有的「近親繁殖（Academic Inbreeding）」的毛病解釋了一番，頓時一桌人皆鴉雀無聲，靜候培剛先生發言。培剛先生年雖耄耋，頭腦極清楚，仍用其「四兩撥千斤」的故技，將國內近親繁殖之起因，歸之於教授工資太低，如無師生之誼，各校更難僱到人了。並很客氣的稱我所言是「警世言」，只是現在尚不可行罷了。因為我的飛機下午起飛，飯後近三點鐘時，我們與大家一一握別，到培剛先生時，那付手握得特別地緊，四目相對互祝珍重時，目光中更帶着無限的祝福，與一絲的憂傷，因為我們互知可能沒有重逢的機會了。

在歸程的長途飛行中，感慨萬千，回到紐約後，寫了一封信向他致謝，並附了一首七言律詩記述此次的相會：

蒙君不棄呼忘年，倒履相迎禮何謙。
攜手姁姁談往事，舉杯謙謙聽諍言。
坎坷皆因憂國起，老健猶能把道傳。
鶼鰈相伴深堪慰，願君珍重福壽綿。

培剛先生閱後，感觸必也良深。寄來一封六頁長信，自謙可算一篇「雜文小品」。對余詩中排句「坎坷皆因憂國起，老健猶能把道傳。」極為感動，認為是肺腑之言，互稱「忘年交」實非虛套。信末也用我原韻，和了一首七律：

和慶雄教授吾兄遙贈七律

紐城握別越旬年，千禧重逢在喻園。
最喜春光回大地，尤欣故國換新顏。

感君情重叮嚀語，老邁珍同警世言。
人世征途多險阻，天涯海際共平安。

——培剛奉和于二〇〇〇年七月十日

原刊於《經濟學家茶座》第五十六輯二〇一〇年第二輯

極短篇散文

五四運動以後，中國現代的白話無韻文，就以散文與小說為主，戲劇只算旁枝。小說按其字數，可分為長、中、短篇。作者在寫作前，須盤算一下篇幅與佈局，預計寫作之長短。而現代散文，多由古文中的策論、敘述、抒情等文體，蛻變而來，寫作長短並無一定，但求闡理清晰，記述細膩，描繪逼真。至於其長短，則由作者的喜愛，或戛然而止，或綿延不絕。

散文到底該寫多長，很難拿捏。電腦普及後，許多人都是在電腦螢幕上，直接「寫」與「讀」，很少人「下載」或「列印」。因此散文不宜過長，以免眼乏腰疲，而失去寫、讀之樂趣。一般而言，一篇言簡意賅，人人能懂的散文，千餘字應可充分表達。近年來，各報刊徵稿時，也多以千字為限。就報紙排版言，可能千字左右文章，編排時最好靈活應用。

二〇一〇年十二月三十日，在中國時報的副刊上，王鼎鈞夫子寫了一篇《由寫作班想起》，提倡「極短篇散文」，稱之為「小小品」。認為「極短篇」要能夠「由少少中見多多」，方算上品；美中不足的是結尾時，限於篇幅，常缺少高潮。但王夫子認為，像蘇東坡「承天寺夜遊」那樣的短文，就很好了，可稱上乘。很遺憾，那時我並未讀過這篇文章。

過不多久，有位好心的同學，寄來了王夫子的原文，及夫子引用的蘇子文。蘇子文只有八十三字，夫子稱之為「小散文」。如下：

記承天寺夜遊／宋，蘇軾

元豐六年十月十二夜，解衣欲睡；月色入戶，欣然起行。念無與樂者，遂步至承天寺，尋張懷民。懷民亦未寢，相與步於中庭。庭中如積水空明，水中藻荇交橫，蓋竹柏影也。何夜無月，何處無竹柏，但少閒人如吾兩人耳。（共八十三字）

此文雖只八十三字，原文卻是文言文，用字比較簡賅。文意重點是在末句，描述兩位閒散人，逍遙的在天地之間，欣賞寺中夜景。其實改成詩歌體，就更簡短了，二十八字即可。如下：

寬衣欲睡月光侵，
步入禪門覓懷民，
竹柏影如庭映水，
乾坤月夜兩閒人。（共二十八字）

可見即使「小散文」或「極短篇」，也不如「小詩」短捷、易記，讀來也不那麼爽心順口。又因為「小詩」的用字更少，是以句句必求精簡，字字必須推敲。因而「造句」與「鍊字」，也成了寫「小散文」的基本功。

釀文學133　PG0898

遍栽桃李兩岸春

──經濟學教授的人生記趣

作　　者　粟慶雄
責任編輯　林千惠
圖文排版　楊家齊
封面設計　秦禎翊

出版策劃　釀出版
製作發行　秀威資訊科技股份有限公司
114 台北市內湖區瑞光路76巷65號1樓
電話：+886-2-2796-3638　傳真：+886-2-2796-1377
服務信箱：service@showwe.com.tw
http://www.showwe.com.tw
郵政劃撥　19563868　戶名：秀威資訊科技股份有限公司
展售門市　國家書店【松江門市】
104 台北市中山區松江路209號1樓
電話：+886-2-2518-0207　傳真：+886-2-2518-0778
網路訂購　秀威網路書店：http://www.bodbooks.com.tw
國家網路書店：http://www.govbooks.com.tw
法律顧問　毛國樑　律師
總 經 銷　聯合發行股份有限公司
231新北市新店區寶橋路235巷6弄6號4F
電話：+886-2-2917-8022　傳真：+886-2-2915-6275

出版日期　2013年3月　BOD一版
定　　價　250元

Printed in Taiwan

國家圖書館出版品預行編目

遍栽桃李兩岸春：經濟學教授的人生記趣 / 粟慶雄著. --
一版. -- 臺北市：釀出版, 2013.03
面； 公分
BOD版
ISBN 978-986-5871-13-0（平裝）

855 101027914

讀者回函卡

感謝您購買本書，為提升服務品質，請填妥以下資料，將讀者回函卡直接寄回或傳真本公司，收到您的寶貴意見後，我們會收藏記錄及檢討，謝謝！

如您需要了解本公司最新出版書目、購書優惠或企劃活動，歡迎您上網查詢或下載相關資料：http:// www.showwe.com.tw

您購買的書名：________________________________

出生日期：________年________月________日

學歷：□高中（含）以下　□大專　□研究所（含）以上

職業：□製造業　□金融業　□資訊業　□軍警　□傳播業　□自由業

□服務業　□公務員　□教職　□學生　□家管　□其它_____

購書地點：□網路書店　□實體書店　□書展　□郵購　□贈閱　□其他

您從何得知本書的消息？

□網路書店　□實體書店　□網路搜尋　□電子報　□書訊　□雜誌

□傳播媒體　□親友推薦　□網站推薦　□部落格　□其他__________

您對本書的評價：（請填代號　1.非常滿意　2.滿意　3.尚可　4.再改進）

封面設計____　版面編排____　內容____　文／譯筆____　價格____

讀完書後您覺得：

□很有收穫　□有收穫　□收穫不多　□沒收穫

對我們的建議：________________________________

____

____

____

請貼
郵票

11466
台北市內湖區瑞光路 76 巷 65 號 1 樓
秀威資訊科技股份有限公司 收
BOD 數位出版事業部

....

（請沿線對折寄回，謝謝！）

姓　　名：＿＿＿＿＿＿＿＿　年齡：＿＿＿＿　性別：□女　□男

郵遞區號：□□□□□

地　　址：＿＿＿＿＿＿＿＿＿＿＿＿＿＿＿＿＿＿＿＿

聯絡電話：(日)＿＿＿＿＿＿＿＿　(夜)＿＿＿＿＿＿＿＿

E-mail：＿＿＿＿＿＿＿＿＿＿＿＿＿＿＿＿＿＿＿＿